우리는 주행 중

우리는 주행 중

박상준

송화

이지수

김상현

보리수

김인식

홍지영

김라윤

김열음

내 삶은 남들과는 다른 삶이었겠거니 생각했다. 그래서 기꺼이 내 삶의 흔적, 깨달음을 남기는 것이 나의 사명이라 받아들였다. 별로 어렵지 않을 것이며, 오히려 '쓸 내용이 너무 많으면 어떻게 하지?'하는 쓸데없는 염려를 했다. 하지만 막상 컴퓨터 앞에 앉아서는 검정 테두리 속, 네모난 모니터 안의 하얀색 화면에 깜빡이는 커서만 한참을 보다가 컴퓨터를 끄고 나를 합리화했다.

'아, 나한테는 컴퓨터로 글을 쓴다는 게 어색해서 그럴 거야.'

종이와 펜을 챙겨 들고 침대에 최대한 편한 자세로 등을 기대고 앉아서 또 한참을 종이만 '뚫어져라' 바라보았다. 이제는 댈 핑계도 없었고 조용히 종이를 내려놓았다. 그렇게 며칠, 몇 달, 몇 년이 지났다. 인고의 시간은 진즉에 지났고 무감각의 시각이 도래했다. 밥 먹고 양치하듯 수시로 '쓸 거야'를 되뇌고 주변에 널리 알렸으나 이를 행동으로 옮기지는 않았다. 늦게나마 무감각의 시대를 극복해보겠다고 다짐했지만, 여전히 글을 시작하는 첫 단어조차 떠오르지 않았다.

지인을 통해 알게 된 글쓰기 프로젝트에서 어쩌면 한 번도 마주칠 일이 없었을지도 모를 나와 같은 목적을 가진 9명의 '동료'를 만났다. 첫 만남부터 왠지 모를 동질감을 느꼈다. 내 악필을 섬세하게 다듬어줄 선생님도 만났다. (현해원 선생님께 다시금 감사의 말씀을 올린다) 온라인상이긴 했지만 매주 만나며 선생님의 도움으로 미약하나마 필력을 키울 수 있었고, 아홉 동료의 아홉 가지 삶의 단편을 들여다볼 수 있었다.

　각기 다른 삶이었다. 소소했지만 담백했고, 평범했지만 특별했다. 특별하다고 느꼈던 내 것이 특별하지 않게 느껴지기까지 했다. 주제도, 문제도, 각자의 삶도 모두 달랐지만, 특정 시간, 사건에 머물러 있지 않고 이를 오히려 자양분 삼아 계속 나아갔으며, 지금도 나아가고 있다는 점에서 우리는 모두 같았다.

　지금 내가 가고 있는 이 길이 맞는 길인지 잘못된 길인지도 아직은 잘 모른다. 잘못된 길로 들어설 수도 있을 것이다. 한참을 걷고 나서야 잘 못 왔음을 깨닫고 낙담하고, 좌절할 수도 있을 것이다. 그러면 나는 크게 숨을 들이쉬고, 내쉰 후 다시금 길을 걷겠다. 앞만 보고 오느라 보지 못했던 높고 푸른 하늘을 볼 것이며, 길가에 핀 이름 모를 꽃을 보고 향을 맡겠다. 내가 놓쳤던 광경, 내음, 소리까지 모두 하나하나 느끼며 걷겠다. 비록 멀리 돌아갈지라도 멈추지 않고 묵묵히 걸어가겠다. 인생의 길 위에서 계속 주행하고 있고 앞으로도 주행하고 있을 나와 우리 9명의 팀원, 그리고 이 글을 읽는 여러분을 응원하고 바란다.

　"그 길이 어떤 길이든지 네(내)가 걷는 그 길이 너(나)에게는 꽃길이기를…"

- 공동저자 中 김상현

차 례

들어가며 · 4

박상준　그래 난 아직 잘살고 있다. · 9

송화　석 잔에 넘긴 뜨뜻한 효도 · 41

이지수　나의 건강한 완주를 위하여 · 53

김상현　상현달 · 71

보리수　세 번의 서울여행 · 91

김인식　나의 치유 이야기 · 117

홍지영　사랑 여행기 · 133

김라윤　그래도 경주하자 · 157

김열음　음악 · 175

그래 난 아직 잘살고 있다.

박상준

박상준   평범한 직장인이고 가장이며, 가족을 사랑하는 것 만큼 나 자신도 사랑
하며 살고 있다.
몸과 마음을 항상 움직이며 멈추지 않는 도전 맨으로 살고자 한다.
누군가에게는 나무 그늘아래처럼 편안한 휴식처가 되는 삶을 살고 싶다.

하나. 가족 사진

1년 만에 사진관에 들어서니 사장님과 직원분들이 반갑게 인사해 주신다.

올해는 특히 엄마보다 키가 더 커버린 첫째 딸아이에게 시선 집중이다.

"이제 아가씨라고 해야겠네."

사장님은 깜짝 놀란 듯했지만, 금세 친근한 농담을 건네신다.

가족끼리는 매일 봐서 그런지 아이들의 성장을 느끼지 못할 때가 많다. 사장님은 매년 한 번씩만 보니 이 녀석들이 콩나물 자라듯 쑥쑥 커서 오는 것에 놀라곤 하신다. 딸 아이는 한편으로는 좋기도 하고, 또 다른 한편으로는 부끄러운지 얼른 엄마 뒤에 숨어버렸다. 그래봐야 이제는 엄마보다 더 커버린 키로 인해 다 가려지지도 않는다.

"그 무섭다는 중학교 2학년입니다. 조심하셔요."

딸아이를 대신해 너스레를 떨며 답했다. 첫 결혼기념일 때부터 매년 이맘때가 되면 이곳 사진관에 오고 있다. 그러다 보니 두 아이 모두 갓난아기일 때부터 보신 거라 이제는 아이들에게도 편하게 농담하시 곤 한다. 아이들에게도 편한 친척 집 같은 곳이 되었다. 이곳은 백일, 돌과 같은 가족사진 촬영을 전문으로 하는 곳이어서, 배경이 되는 벽지 색상이나 디자인 소품들은 매년 변한다. 아무리 겉모습이 변한다 해도 사장님과 직원분들은 그대로여서 아마 친밀함은 먼 친척 이상일 거다.

어떤 생각으로 결혼기념일마다 사진을 찍게 되었는지 정확하게 기억나지는 않는다. 뭔가 남들처럼 선물을 주고받고, 외식하는 것보단 다른 걸 해 보고 싶었다. 당시 결혼과 함께 아이가 태어나는 것을 생각해 사진 찍는 것에도 흥미를 느끼고 있었다. 고가의 카메라도 구매해 볼까 하는 계획을 하고 있을 때여서 아마 그 영향이 컸을 거다.

한 해 두 해 하다 보니 딸, 아들이 태어나고 큰 아이가 중학생이 된 지금까지 매년 같은 곳에서 사진을 촬영하고 있다. 사진관까지 가서 찍는다고 해서 많은 돈을 들여 액자를 제작하거나 하는 것은 아니다. 일 년에 한 번 사용되는 비용이어서 월로 계산했을 때 만원이 좀 넘는 비용이 들어간다. 가족사진은 지갑에 들어가는 포켓 크기로 네 장, 앨범에 넣기 위해 그보다 조금 더 큰 크기로 가족사진, 아이들 사진, 부부 사진을 한 장씩만 인화한다.

이제는 촬영 날짜를 예약해 놓고 즐겁고도 치열한 가족회의를 하기도 한다. 몇 년 전까지만 해도 아빠 엄마가 준비해준 옷을 입고 그냥 가던 아이들이었지만, 이젠 준비 회의 때 자기 생각을 논리적으로 이야기하고 있다. 올해는 자신이 생각한 옷과 촬영 컨셉이 선정되기를 바라며, 나름의 논리를 주장하고, 미리 준비도 한다. 언제 이렇게 커 버린 건지 원, 가끔은 설득하고 조율하느라 땀을 빼기도 하지만, 이것 또한 결혼을 기념하기 위한 의미 있고 행복한 고민이기에 우리 부부 는 내심 마냥 즐겁다.

작년에는 딸아이가 중학생이 되면서 교복을 입게 된 기념으로 교복 컨셉을 하기로 1차 결정되었으나 초등학교 4학년인 아들 녀석의 반대 로 결국 무산되었다. 반대하는 이유는 세 가지를 말했다.

"아빠 엄마가 교복을 입기에는 너무 늙은 거 아닌가요."

교복은 학생만 입어야 하는 건데 왜 어른이 입는다는 건지 이해할 수가 없다는 논리다. 늙었단다. 늙어 가는 게 서러울 나이라 그런지 아 들 말에 더 가슴이 아프다.

"가족사진인데, 아빠 엄마가 교복 입으면 사람들이 볼 때 이렇게 큰 아이가 둘이나 있다는 것은 현실성이 없어요."

무슨 소리인지 몰라서 한참을 고민해야 했다. 아들 녀석이 가진 개 념으로는 교복은 무조건 중학생, 고등학생만 입는 거로 생각하고 있 다. 교복을 입는다는 것은 아무리 커도 고등학생이고 그 나이에 초등 학생, 중학생 애들이 있으면 안 된다는 것이다. 컨셉이라는 의미를 알 지 못하는 듯하다. 영어 공부를 시켜야 하나 잠깐 고민했다.

"나도 중학생 되면 교복 입는데, 이번에 교복 입고 찍으면 다음에 교복 입고 안 찍을 거잖아."

이게 진짜 속마음일 거다. 누나만 진짜 교복 입고, 자기는 가짜 교복 입고 찍어야 한다는 것. 다음에 중학생 되었을 때 한번 교복 컨셉으로 찍은 적 있다고 다시 안 찍을까 봐서.

항상 아이들에게 반대를 할 때는 세 가지 이상 정도는 이유가 있어야 한다고 가르쳤었다.

좀 황당한 부분도 있지만 세 가지를 생각한 아들의 노력이 가상해서 아들의 반대를 받아들였다. 첫째, 둘째 이유는 촬영 컨셉 이라는 의미를 설명해 주어 이해시켰고, 아들이 중학생이 되는 3년 후에는 꼭 교복 컨셉으로 찍기로 약속했다. 늙어서 안 되는 건 아니라는 것을 강조하면서.

올해도 주제는 같다. 어떤 컨셉으로 무슨 옷을 입고 찍을 것이냐는 것. 1차 의견은 각자 다른 의견이다. 초등학교 5학년 아들은 좀 우스꽝스럽고 특색 있는 옷을 입기를 원했고 딸아이는 본인만이라도 교복을 입는다고 한다. 동생이 교복을 입을 때가 되면 자기는 중학교를 졸업하게 돼서 가족사진에 중학교 교복은 남기지 못한다는 이유에서다. 마누라님은 매년 1차 의견으로 원피스를 제시한다. 이거 올해는 더욱 결론 내기가 어렵겠다. 몇 번의 의견 교환, 각기 작은 양보와 배려로 결론을 내렸다. 요즘 사회상을 고려해 마스크가 가장 잘 어울리는 단순함으로 했다. 흰 티에 청바지.

다른 해와는 다르게 시작된 촬영이다. 바로 마스크 착용 컷. 이제는 사진 찍을 때조차도 마스크를 쓰고 찍는 게 더 자연스럽게 돼버린 것 같다. 안경을 쓰고 있는 나와 아들의 안경에 습기가 차 올라와 촬영 중단이 되기도 했다. 빨리 마스크 없는 일상이 돌아오길 바라며 손에 브이 자를 만드는 포즈를 끝으로 마무리되었다. 문득 20년 후를 상상해 본다. 할머니, 할아버지가 되어 우리 아이들의 자식들에게 둘러싸여 있다. 아이들이 신기한 듯 물어본다. 이 사진은 왜 얼굴을 반쯤 가리고 찍었냐고. 그 옛날을 회상하듯 노부부는 손으로 입가를 가리고 서로 눈을 보고 있다. 아이들도 할머니, 할아버지를 따라 손으로 입가를 가리는 장난을 친다. 입가를 가린 아이들의 모습에서 지금은 다 커버린 두 녀석의 모습이 어렴풋이 보인다. 즐거운 하나의 추억 거리로 남기를 바라며 다음 촬영을 시작했다.

남매의 촬영. 아들 녀석은 자기보다도 머리 하나는 더 있는 누나를 고개를 들어 올려다본다. 어떻게 해서라도 자기보다 낮춰 보려는 듯 까치발까지 해서 오른팔을 누나 어깨에 올리고 있는 힘껏 아래로 누르려 힘을 준다. 누나는 동생의 의도를 바로 알아챈 건지 절대 그럴 수 없다는 듯 반대로 허리를 곧게 펴서 당겨 올려 버렸다. 이내 아들의 의도와는 반대로 나무에 매달린 것 같은 모습이 연출 되었다. 떨어지지 않으려고 바둥대는 3살 터울 녀석의 가상하고 애처로운 발길질이 그대로 사진에 담겼다. 요즘 들어 작은 것 하나에도 쉽게 화를 내고 누나에게 지는 걸 싫어하게 된 녀석. 아기일 때부터 순하기만 해서 누나에게 매번 먼저 양보하고 웃던 녀석이었지만. 벌써 사춘기가 온 건지 고집을 피우고 감정적일 때가 많아졌다. 동생을 바닥에 내려놓고는 아직까진 넌 내 밑이라고 말하는 듯 내려다보는 누나. 그 모습에 삐쳐서 팔짱을 끼고 토라진 모습으로 등을 보이던 아들.

어느샌가 웃으며 머리를 쓰다듬어 주는 누나에게 이제야 포기하고 누나가 해주는 어깨동무를 받아들인다. 촬영 때마다 보여주는 이 두 녀석의 투덕거림. 그 모습을 그대로 사진으로 남겨 둘 수 있는 이 시간. 매년 우리 부부에게는 그 어떤 것보다 귀한 결혼기념일 선물이 되곤 한다.

가족사진을 찍는 시간. 사장님은 막내아들만 의자에 앉고 나머지 가족들이 뒤에서 사랑을 가득 담은 눈으로 다정하게 바라보는 모습을 찍어보자고 하신다. 흰색의 깔끔한 의자가 중앙에 배치되어 있다. 의자에 앉으면 된다는 사장님의 말을 듣자마자 아들 녀석은 그 의자에 다리를 꼬고 팔짱을 낀 상태로 왕이라도 된 것처럼 아주 거만하게 앉아 버린다. 나름 다년간의 사진 찍는 노하우가 있는 우리 가족이다. 이렇게 재미없게 다정함만으로 가족사진을 찍을 수는 없다. 누가 먼저랄 것도 없이 요즘 들어 고집스런 투덜이가 돼버린 아들에게 몰래 꿀밤을 주는 모습이 자연스럽게 촬영되었다. 아들은 이렇게 하는 걸 아는지 모르는지 자기가 하는 거만한 자세에 만족스러운 얼굴을 하고 있을 뿐이다.

이제 언제나처럼 마지막 하이라이트인 부부 촬영이다. 사장님은 항상 부부 촬영 첫 시작으로 뽀뽀하는 포즈를 요구하신다. 지치지도 않고 매번 이런 시작을 원하신다. 17년을 했는데도 어색하기만 하다. 항상 먼저 고개를 돌려 다가오는 쪽은 마누라님이고 난 작은 미소로 어색함과 부끄러움을 대신한다. 아들과 딸아이도 매년 보아온 거지만 이제는 더 이상 보기 민망하다는 듯이 두 손으로 얼굴을 가린다.

촬영을 끝내고 설레는 일주일이 지나갔다. 퇴근하는 길에 사진관에 들러 사진을 가지고 집에 왔다. 작년에 찍은 사진은 한 해 동안 각자의 지갑과 거실 중앙 선반에서 제 역할을 다하고 앨범으로 들어가게 될 것이다. 그 자리에는 새로 가지고 온 사진이 작년 사진이 그랬던 것처럼 내년 이맘때까지 우리 가족의 단란하고도 행복한 한때를 기억할 수 있게 해주는 역할을 하게 된다.

거실 바닥에 앉아 첫 사진부터 앨범을 넘겨 본다. 첫 장에는 둘만 있는 사진들이 몇 장 보인다. 바로 다음 장에 짧은 머리라서 남자애라는 오해를 받지 않기 위해 분홍색 머리핀을 억지스럽게 꽂고 있는 아이가 하나 있다. 네 번째 장을 넘겼을 때 더벅머리 사내아이의 돌잔치를 기념해 정장과 드레스로 한껏 멋을 부린 부부와 어느덧 공주님이 된 딸아이까지 사진에 담겨 있다. 다음 장부터는 모든 가족 구성원이 항상 보인다. 한 장씩 넘기다 보니 세 살 터울인 아들은 매년 누나 보다 머리 하나가 작았다. 올해 유독 누나가 커 버린 것이 아니라 아들도 똑같이 크고 있었는데 막내라 그런지 한없이 어리게만 본 것 같아 미안한 생각이 든다.

이렇게 시간의 흐름에 따라 아이들이 커 가는 것을 자연스럽게 볼 수도 있고, 우리 부부의 흰머리와 주름살, 나잇살이 늘어가고 있는 모습이 고스란히 담긴 사진. 17년이라는 시간이 지난 지금은 우리 가족에게 너무나도 크고 가치가 있는 일이 되어 버렸다. 아이들이 모두 성인이 되어 결혼한다고 해도 매년 5월이면 가족의 역사를 만드는 이 행사를 의미 있게 이어 나갈 것이다.

사진으로 가득 채워진 벽 앞에 앙증맞은 아이들 서넛에 둘러싸인 노년의 부부가 보인다. 둘 다 환한 미소를 지으며 사진을 위에서부터 하나씩 가리킨다. 끝나지 않을 것 같은 옛이야기를 참 재미나게도 들려주고 있다. 그걸 듣고 있는 아이들은 가끔 뒤 돌아 엄마 아빠를 보며 신기한 듯 웃음을 짓는다. 엄마, 아빠의 어릴 적 모습에서 자기와 닮은 구석을 찾고 있는 듯하다.

둘. 나만을 위한 투자금

입사 7년 차. 회사에서는 대리라는 직급이다. 회사가 급격하게 성장하고 있어 다소 낮은 직급임에도 팀장이 되었고, 1년 전 결혼도 했다.

정신없이 보고서 작성을 마무리하고 지금부터는 내일 있을 고객과의 회의를 위해 예상 질문에 대한 답변서를 준비해야 한다. 창밖으로는 유난히 밝은 별이 보이고, 공장 야간작업 인원들의 식사 시간인지

웅성거리는 소리가 귓가에 들린다. 시계를 보지 않아도 자정을 넘긴 시간임을 알 수 있다. 혼자는 아니다. 다행인 건지 불행인 건지 모르지만, 사무실에는 아직도 많은 직원들이 풀어야 할 숙제가 많은 듯 머리를 쥐어짜고 있다. 불이 꺼지지 않는 연구소. 매년 연초가 되면 사업 계획으로 거창한 목표를 하나 세웠다. 오늘 출근해서 오늘 퇴근하자. 어찌 보면 당연한 듯한 이것을 몇 년째 지키지 못하고 있다.

새벽 2시를 넘긴 시간. 이제야 사무실을 나와 집으로 차를 몰 수 있었다. 가로등 불빛도 없는 길이다. 지나다니는 차량 하나 없는 적막한 시골길을 누군가에게 쫓기듯 빠르게 달려 집 앞에 도착했다. 내 집이지만 벨을 누르고 당당하게 들어가기에는 어려운 시간. 밤 고양이 마냥 발소리도 내지 않고 방에 들어갔음에도 자고 있던 마누라님이 고개를 돌려 애처로운 듯 쳐다볼 뿐이다. 하루하루 전쟁과도 같은 일상, 몸은 항상 피곤하고, 여유라고는 없는 생활. 하지만 오늘만큼은 이 모든 게 즐겁다. 몇 시간 안 되는 쪽잠을 자고 다시 출근하겠지만 벌써 이번 달 말일이기 때문이다. 1년간의 계획으로 돈을 모으고 틈날 때마다 책을 보며 준비했던 취미 생활을 이제 시작할 수 있게 된다.

아버지는 외벌이 직장인이었고 4남매이다 보니 당연히 넉넉한 집안은 아니었다. 고등학교 졸업반이던 시절부터 용돈과 대학 학비의 일부까지 스스로 해결해야 했다. 주유소, 편의점, 방학에는 공사장 아르바이트까지 하면서 돈을 벌어 가정에 보탬이 되는 건 좋았다.

다만, 어린 나이에 남에게 간섭이나 잔소리를 듣지 않는 돈을 사용하다 보니, 좀 계획 없이 사용하는 좋지 못한 습관이 들어 버렸다. 그러다 보니 또 벌면 된다는 생각으로 미래 보다는 현실에 충실하며 살았다. 결혼 전까지도 이런 생활 습관은 크게 변하지 않고 이어졌다. 6년 차 직장인 이었지만, 결혼하기로 했을 때 내 수중에 가지고 있던 돈은 700만원이 전부였다.

결혼하면서는 남들처럼 외벌이로 용돈을 받아 생활하게 되었다. 결혼하고 가정생활을 하다 보니 당장에 그때그때 필요한 곳이 생기고, 가족의 미래를 준비하느라 금전적으로 여유가 없는 것이 현실이 되었다. 그로 인해 나를 위해 뭘 하는 것은 아무래도 어려워져만 갔다. 그런대로 현실에 충실한 생활은 이어 나가고 있었지만, 그러는 동안에 계속 의문이 하나 고개를 들기 시작했다. 뭔가를 딱히 잘못하고 있거나, 큰 문제가 있는 건 아니었다. 가슴 한구석이 허전하고 무언가 잃어버린 것 같은데 그게 먼지 통 생각이 나지 않는 그런 기분이었다. 내가 번 돈에서 나만을 위해 몇 %나 사용하고 있는 걸까? 어찌 보면 너무 이기적인 생각일 수도 있다. 책임지고 있는 가족이라는 것을 나와 동일시 한다면 이걸 굳이 구분 지어 생각하는 것 자체가 좀 이상한 소리라고 할 수도 있다. 하지만 난 그런 의문에서 좀처럼 빠져나오지 못했다. 고민을 거듭했다. 그러다 어느 주말 마누라님에게 그 고민을 이야기했다.

"우리가 풍족하게 사는 건 아니지만 요즘 고민하는 부분이야."

잠깐의 침묵. 혹시 못 들은 건가. 나 하나만 믿고 결혼해서 타지에 와 있는 마누라님에게 내가 무슨 말을 하고 있는 건가 라는 생각이 스쳐 지나갔다. 미안한 마음에 그냥 돌아서는데 차분한 목소리가 들려왔다.

"그런 생각이 들 수도 있겠네, 일단은 작게라도 해보자."

지금 생각하면 참 감사하게도 우리 마누라님은 내 고민과 생각을 흔쾌히 이해해 주었다. 매달 일정 금액으로 나를 위한, 나만을 위한 투자금을 받을 수 있었다. 금액상으로 큰 금액은 분명 아니다. 어떤 것을 시작하기 위해서는 고민하고, 계획하고, 장기 과제로 진행해야 했다. 하지만, 무엇인가를 하기 위한 계획을 세우고 하나씩 실현해 나가는 것이 힘든 회사 생활에서 하루하루를 즐겁게 하는 활력소였다.

처음으로 나만을 위한 투자금을 받게 되면서 1년간의 기다림 끝에 좀 과분한 DSLR 카메라와 렌즈를 갖추고 사진 찍는 취미 생활을 시작할 수 있었다.

그렇게 시작된 나만을 위한 투자금은 뭉뚱그려 용돈에 포함하지 않고, 별도의 항목으로 구분해서 받았고, 사용했다. 매달 급여에서 5%, 여유가 될 때면 10% 정도 가족의 눈치를 보지 않고 나만을 위해 쓸 수 있는 자유로운 돈이었다. 가족을 위한 여행이나 외식, 누군가에게 선물하는 용도가 아니라 나만의 경력 개발, 취미 생활을 위한 곳에 꾸준히 사용할 수 있었다. 그 크지 않은 돈으로 했던 수많은 계획과 취미 생활은 살아가면서 어려움이 있을 때마다 날 일으켜 세우는 원동력이었고, 내 삶에 방향을 잃지 않게 하는 나침판이 되었다.

사용 용도 말고도 명확하게 구분하려고 했던 것이 여가 생활과 취미 생활이다. 사전적으로나 통념상으로 올바른 구분일지는 모르겠다.

여가 생활은 시간이 날 때, 남는 시간에 가능한 몸을 움직이지 않고 하는 것이고, 취미 생활은 없는 시간을 만들어서라도, 자기가 좋아서 하는 일이며 가능하면 몸을 움직이는 것으로 생각했다. 구분의 기준은 현재 또는 미래의 모습에 얼마나 긍정적으로 영향을 줄 수 있는지였다. 구분할 때 마다 스스로에게 좀 더 엄격하게 한 번 더 따져 물어봤다. 추가로 자유스럽게 한다고 해서 절대 주변과 가족에게 걱정을 끼치면서까지는 하진 않았다. 어떤 것이든 몰입하는 것은 좋으나 가정이나 직장 생활 등 일상생활에 지장을 주면서까지 한다는 것 자체가 현재나 미래에 도움이 되지 않는다고 생각해서였다.

셋. 삶의 목표 정하기

3월에 중순을 넘기고 있는 월요일 오후. 출근할 때는 찬 기운으로 인해 조끼에 점퍼까지 단단히 여미고 왔는데 한낮에는 제법 따뜻해 점퍼를 벗어 놓고 3층 옥상으로 갔다. 상사가 회의실이 아닌 옥상으로 부른 거다. 밖은 아주 맑은 날씨인데도 2층 사무실에서 3층으로 올라가는 계단이 오늘은 유독 어둡다고 생각하며 올라갔다. 부른 이유를 전혀 모르는 척 웃는 얼굴로 상사에게 갔지만, 인사발령에 관한 이야기일 거라는 짐작은 하고 있다. 3월 중순을 넘어섰지만, 매년 4월 1일자로 움직여야 하는 정기 인사발령이 아직 나오고 있지 않았다. 지난주 본사에서 근무하고 있는 직원이 전해주는 소식으로는 이번 인사발령에서 연구소 차장 또는 부장급 한두 명 정도가 본사로 자리를 이동한다는 것이었다. 누군가에게는 본사로 간다는 것이 좋은 것일 수도 있지만, 난 아니다. 아직은 싫다. 주말 내내 가능성에 대해서 머리를 굴렸다. 본사에 실장급 빈자리. 각 부서에서 어려움을 느끼고 있는 부분. 그동안의 이력들. 내가 가는 경우의 수는 10%에서 최대 20% 미만이라고 결론 지으며 어지러운 머릿속을 정리했다. 연구소 70여 명의 직원 중 입사 순서로 따지면 가장 오래된 최고 선임자다. 업무적으로도 주력으로 생산하고 있는 제품의 초기 설계부터, 개선의 업무를 하고 있고, 큰 문제가 있을 때마다 개선이나 고객 대응에서 중추적인 역할을 하고 있다. 좀 더 안정된 제품 생산을 위해 몇 년은 더 해야 할 일이 이곳에 아직 남아있었다.

"요즘 어때."

상사는 일상적인 인사를 먼저 건넸다.

"맨날 정신없죠. 뭐."

조금은 건조하게 빨리 대답했다.

"혹시 본사로 인원 이동 있다는 이야기 들었어?"

역시 인사발령에 관한 이야기다.

"뭐 듣기는 했는데 누가 가는 건지는 모르죠."

우리 팀 인원 중에서 이동해야 한다면, 어떤 근거를 대며 안 된다고 할건지 미리 생각해 놓았던 답변을 머릿속으로 되짚어 보며 답한다.

"왜 이렇게 결정된 건지는 모르겠지만, 네가 가는 거로 결정됐어."

순간 당황했다. 예상이 완전히 빗나갔다. 처음 인사발령에 대한 소문을 전해 들었던 때부터 아무리 머리를 굴려봐도 내가 될 거라는 결론에는 도달할 수 없었다. 최대한 조심스럽게 이야기하고 있는 상사의 말투에서 이렇게 결정되기까지 수많은 고민과 조율이 있었음이 느껴졌다. 그동안의 경험치로 여기서 어떤 말을 한다 해도 결정이 번복되지 않을 것임을 느낄 수 있었다. 빨리 이 자리를 벗어나고만 싶었다.

"뭐 그럴 수 있을 거라고도 생각했어요. 결정된 거면 가야죠."

급하게 둘러대고 말았다. 옥상에서 한 계단 한 계단 내려오며 계단 수만큼이나 하지 못한 말을 후회했다. 왜 그렇게 된 건지, 누가 최종 결정을 한 건지, 내가 잘못한 게 있는지, 그 누구보다 열심히 하지 않았는지, 왜 모두 결정된 다음 일방적 통보를 하는 건지, 사전에 의견을 물어보고 조금이라도 납득 할 수 있게 충분한 시간을 가지고 설명을 해줄 수는 없었는지.

막 입사했을 때 작은 중소기업이었던 회사는 매년 성장을 거듭했다. 매출과 인원이 10배 이상이 되었고, 4개나 되는 해외 자회사를 가진 중견 기업이 되었다. 이렇게 성장하는 동안 그 힘든 시간을 연구소에서만 17년이나 근무하면서 버텨냈다. 이제 조금은 일과 삶에서 안정기에 들어섰다고 생각하던 때였다. 좋게 보면 다른 업무로 영역을 넓히는 기회가 될 수도 있으나, 나쁘게 말하면 연구소에서 쓰임을 다해 버려지는 것 같은 일이었다. 연구소에서 떠나라니, 버려진다는 느낌을 도저히 지워 버리기 어려웠다. 마치 나도 모르는 누군가 두고 있는 장기판에서 쓸모를 다해 버려져 버리는 말이 된 것 같은 기분이었다. 너무나 갑작스러웠다. 인정할 수도 없었다. 설득하려는 최소한의 노력도 보이지 않았다. 내 의지와는 전혀 무관한 본사로의 부서변경 인사발령 통보는 이렇게 현실이 되었다.

3월의 마지막 날이다. 본사로의 인사발령 통보로 인해 일주일간 뜻하지 않은 휴가를 사용할 수 있게 되었다. 장기판의 말이 된 듯한 우울하고 찜찜한 마음을 어딘가에는 풀어야 했다. 회사 일을 떨쳐 버리고 싶은 마음에 전혀 무관한 것을 하기 위해 차를 몰았다. 그동안 나만의 투자금으로 계획하고 있던 또 다른 취미 생활이 있었다. 그것을 위한 작은 실행을 하기로 한 것이다. 소형견인차 면허라는 것을 취득하고자 일부러 좀 일찍 집을 나섰다. 집에서 2시간 거리인 만큼 시험시간보다 여유 있게 도착하기 위해서다. 평일 아침이라 그런지 예상했던 것보다도 더 이른 시간에 시험장에 도착했다.

"멀리서 오셨나 봐요."

나보다도 먼저 와 있던 노년의 신사분에게 친근한 인사를 건넸다.

"아니요, 집은 바로 앞인데 남들 하는 것 좀 보려고 일찍 왔어요."

어딘가 모르게 비장함이 느껴지는 대답이다. 이렇게 시작된 대화는 한참 동안이나 계속되었다. 9시에 시작하는 1회차 응시 인원들이 대부분 합격했다. 기쁨을 감추지 못하며 면허증을 발급받기 위해 하나둘씩 사라져 가고 있었고, 10시에 시작하는 2회차 시험 응시생들은 준비해달라는 안내 방송이 나오고 있었다.

"다들 합격하고 가네."

처음의 비장함보다는 좀 자신감이 없는 말투로 이야기하셨다.

"뭐. 운전하던 사람들은 어렵지 않게 할 수 있는 거니까요."

합격하는 게 당연한 것 아닌가요라는 표정으로 고객을 까딱이며 대꾸했다.

대형 견인 면허가 아니고 캠핑과 낚시 등 레저 붐이 불면서 일반 차에 연결하고 다니는 카라반이나 배등의 이동을 위한 견인 용도로 작년에 새로 신설된 자격 면허였다. 1톤 트럭 뒤에 짐칸만 하나 더 매달려 있는 차량으로 치러지는 시험이다 보니 어느 정도 운전 경험이 있는 사람에게는 쉽게 취득할 수 있는 수준이라고 생각하고 있었다.

"그러게, 그렇긴 한데 난 세 번 떨어지고 이번이 네 번째 보는 거야."

멋쩍으신지 뒷머리를 긁으며 말씀하셨다. 말을 좀 조심히 할 걸 죄송한 마음이 들었다.

"나도 젊었을 때 했으면 한 번에 합격했을 건데, 몸이 마음 같지 않아서 말이야."

몇 년 전 정년퇴직을 하셨다고 하시며 좀 더 일찍 이것저것 못한 것을 후회한다고 하셨다. "아직 오십은 안되었지?"

"이제 마흔이 조금 넘었습니다."

뜬금없는 질문이었지만, 미안한 마음에 머리를 숙이며 깍듯하게 답했다.

"퇴직하면 어떻게 살고 싶은지 생각은 해 본 적 있어?"

"아니요, 뭐 아직은 그냥 회사 열심히 다니고 있죠."

그랬다. 열심히 다니고만 있었다. 나름 가족과의 행복한 생활을 유지하고, 취미 생활도 즐기며, 현시점 기준으로는 잘살고 있었다. 오늘 여기에 어떤 일이 있어서 왔는지, 버려진 장기 말이 된 기분을 지워 버리고자 왔다는 것을 이야기할 수는 없었다. 퇴직이라는 단어를 듣는 순간. 그분의 얼굴을 똑바로 볼 수도 없어, 하늘을 바라봤다. 하늘에 그 뜻이라도 적혀 있는 것처럼. 지금껏 사는 동안 처음 들어본 단어라 전혀 모르겠다는 표정으로. 온종일 소중히 가지고 다녔던 풍선을 어느 순간 손에서 놓쳐 버리고 유유히 하늘로 사라지는 것을 보고만 있는 꼬마 아이처럼, 허망하게 하늘을 볼 수밖에 없었다.

"미리 준비해. 무슨 일이든 쉽게 보이는 일도 나이 먹으면 힘들어."

그냥 혼잣말로 하신 건지, 나에게 한 말인지 하늘을 향해 있는 내 눈으로는 어디를 보며 한 것인지 모르지만, 그 말을 끝으로 네 번째 시험 도전을 위해 급하게 출발선으로 나가셨다. 다행히 합격하셨다. 3가지 중 하나의 코스에서 시간 초과로 10점의 감점은 있었지만, 합격이라는 안내 방송이 나왔을 때 주변 사람들 모두 내 일인 양 큰 박수로 축하해 드렸다.

인사발령 통보로 부서와 근무지가 변경되고 몇 달이 지났다. 아직도 그 일로 마음이 복잡하기만 하다. 난 미래를 생각하고 있는 건가? 퇴직을 위한 준비를 하고 있나? 퇴직이라는 거. 아직은 먼 이야기일 수도 있다. 그러나 어쩌면 이번 일처럼 다른 사람에 의해 결정되어 갑작스럽게 올 수도 있다는 두려움을 떨쳐 버리기 어려웠다. 최소한의 조율도 없이 나의 삶이 결정되는, 주도권이 나에게 없는 상황이 다시 올 수도 있다. 노년의 신사분을 만나서 이야기한 것이 누군가에게는 일상에서 흔하게 있을 법한 에피소드로 아무렇지 않게 넘어갈 수도 있는 일이기도 했다. 그러나 그때 들었던 퇴직이라는 단어 하나가 미래에 대한 두려움을 일깨워 주는 계기가 되었다. 현재만을 위해 열심히 사는 모습. 미래에 대한 준비는 없는 모습. 이런 삶을 되돌아볼 수 있는 시간이 되었다. 제일 먼저 해야 할 것이 있었다. 앞으로 진짜 하고 싶은 일과 그것을 달성하기 위해서 삶에 대한 목표를 정하는 것이었다. 목표. 꼭짓점. 이정표. 뭐라 부르던 상관 없지만, 그것을 정하기만 하면 그것을 따라 한 발씩이라도 나아갈 수 있을 것 같았다. 그 이후로 삶의 목표에 대해 2년이라는 시간 동안 마음을 움직이게 했던 생각들을 정리하기 시작했다. 그러다 보니 어느 날부터는 간단하고 짧은 문장으로 말할 수 있게 되었다. 미래는 아무도 모르는 거니 살다 보면 목표가 변경되거나 수정될 수도 있다. 하지만, 현재로는 두 가지 문장으로 내 삶의 목표를 말하고 있다.

목표 하나. 도전하는 것을 멈추지 말자

지금 생각해 보면 딱히 그런 생각을 하고 어떤 일을 하거나 내 몸을 움직였던 건 아니었다. 하지만 항상 새로운 것을 하면서 살고 있었던 것 같다. 삶에 목표를 정해보자는 생각을 했을 때 가장 먼저 떠오르는 단어가 도전이었다. 도전한다면 성공하는 것이 물론 중요하긴 하다. 다만 결과적인 성공과 실패 보다 그 과정 자체에서 오는 즐거움을 누리는 것이 더 중요했다. 멈추지 않고 꾸준히 도전하며 살고 싶었다. 이런 생각의 끝에서 나온 문장이 '도전하는 것을 멈추지 말자'이다. 이제는 누군가 어떤 목표를 가지고 있느냐고 물어볼 때면 자신 있게 말하게 되었다. 하지만 도전이라고 해서 거창하게 인생 전체를 뒤집거나 무모하고 모험적인 것을 하고 싶지는 않았다. 내가 하고자 하는 도전은 일상에서 하는 거였다. 좀 더 넓게 본다고 해도 현재 살아가고 있는 현실에서 감당할 수가 있는 수준의 새로운 것을 말한다. 무모하게 모험을 걸고 싶지는 않다. 어떤 일에 모험이라는 것은 긍정적으로 표현할 때의 말이고, 부정적으로 말하면 도박 아닐까?

무엇이든지 새로운 걸 도전해 보겠다고 결정할 때 중요하게 생각하는 게 하나 있다. 만약 작은 것이라도 해야겠다는 생각이 들었을 때 먼저 스스로 자문해 보곤 했다. 이게 도전인지 도박인지. 구분의 기준은 단순하다. 내가 감당 할 수 있는 수준이어야 한다. 좀 더 구체적으로는 금전적, 시간적, 정서적으로 구분해 봤다. 세 가지 부분으로 나누어 생각해 보고 한 부분이라도 스스로 감당할 수 있는 범위를 넘어가는 것은 아직 도박의 영역이다.

그때마다 처한 상황이 다르고, 감당할 수 있는 수준이 다르니, 정량적으로 딱 어느 수준이라고 단정할 수는 없다. 그 당시 상황에서 감당할 수 있는 수준을 넘어선다면 이건 아직 도전의 영역이 아니라고 판단했다. 만약 어느 정도 감당할 수 있는 수준을 넘어서긴 하지만 꼭 하고 싶다는 것이 있다면, 그것으로 생길 수 있는 위험을 다시 한번 따져 보고 최대한 줄이기 위한 작은 실행을 먼저 해 나갔다. 작은 실행 항목을 정하고 그것을 먼저 하나의 도전이라고 생각했다. 그러다 보면 처음에 하려고 했던 것이 조금씩 도전의 영역으로 들어오거나 또 다른 방향을 찾을 수 있었다. 예를 들어 직장인에게 지금 하는 일이나 회사가 마음에 들지 않는다고 아무 준비 없이 다른 일을 할 거야. 일단 퇴사하고 시간을 내어 생각해 보면 되겠지. 이런 생각으로 퇴사를 하는 것은 도박 중에서도 아주 무모한 도박이다. 먼저 지금의 현실에서 할 수 있는 작은 실행을 하면서 준비하고, 앞서 말한 세 부분에서 이 정도면 충분히 감당할 수 있다는 판단이 되었을 때 이직이라는 도전을 해야 한다.

삶에 목표라는 것을 정하고 회사 생활과 미래에 대한 준비를 병행하며 지내고 있던 때였다.

"부장님 저 이야기할 게 있는데요."

작년에 다른 부서에서 우리 부서로 오게 된 직원이 날 찾아왔다.

"왜 문제 있어? 공장에 무슨 일 생긴 거야."

본사로 이동 후 두 개 부서 팀장을 거쳐 공장을 책임지는 공장장을 하고 있다 보니 하루도 조용하게 넘어가는 날이 없다. 매일 다르게 발생하는 여러 가지 일로 직원들이 찾아올 때마다 일상적으로 하는 물음이다.

"아니요. 그건 아니고, 접견실로 일단 가시죠."

보통 이 경우는 개인 신상에 관한 일인 경우가 많다. 커피를 들고 와 앉으며 웃음기 없는 얼굴로 먼저 이야기를 시작한다.

"저 그만 다니게요."

표정은 장난기 없이 심각한 표정을 하고 있지만, 말은 뜸 들이지 않고 쉽게 한다.

"퇴사?, 왜?" 혹시 다른 문제가 있는 건 아닌지 바로 물어봤다.

"다른 것을 공부하려고요."

특별히 개인 신상의 문제는 아니다. 어쩌다 보니 그동안 했던 업무와 성격이 전혀 다른 부서에 와서 있으니 아직 이곳 업무가 생소하기도 하고 적응하기 어려울 거다. 이런 생각을 왜 한 건지 한편으로는 충분히 이해가 갔다. 5년 전 갑작스럽게 연구소에서 본사로 오면서 처음 하는 일을 하게 되어 방황했던 시절이 나에게도 분명히 있었다.

"구체적인 계획은 세운 거야?"

"일단 쉬면서 천천히 생각해 보려고요."

아직 상세한 계획은 없는듯한 대답이다.

"네가 생각할 때 하려고 하는 것이 도전이야, 도박이야."

일단 건강상에 문제도 아니고, 사람이 싫다는 것도 아니기 때문에 무모하게 퇴사하겠다고 생각하는 것을 막아야 했다.

"다시 생각해 보고 아무리 생각해도 충분히 할 수 있는 도전이라고 판단되면, 그때 다시 와."

"그때는 내가 손뼉을 치면서 보내줄게. 왜 도박이 아니고 도전인지 날 설득할 정도여야 해."

상세 계획부터 다시 한번 세워 보라고 했다. 물론 내가 가지고 있는 도전과 도박의 구분, 왜 상세한 계획부터 세워야 하는지 긴 이야기를 해 주었다. 어느 부분 인가는 나와 같은 고민을 하는 직원이 당장에 어려움이 있다고 해서 무모한 도박을 하기보다는 작은 것부터라도 하나씩 했으면 했다. 그 과정에서 성공이라는 경험치도 늘고 자신도 느끼지 못하는 시점에 어느덧 준비되어 큰 도전하는 사람이 되길 바라면서 자리를 마무리했다. 도전하는 것을 멈추지 말자는 것을 당당하게 이야기할 수 있게 되면서 나도 변한 것이 있기 때문이다. 부서 변경 후 매일 새로운 일에 어려움을 느껴 방황하고 아무것도 하지 못했던 때가 있었다. 그러다 이것 또한 해야만 하는 도전이라고 받아들이고 잘하는 것부터 하나씩 할 수 있는 것을 찾아서 하게 되었다. 그로 인해 업무적인 성과도 따라와 공장의 많은 품질 문제를 해결하게 되었고, 1년 만에 원하는 부서를 맡게 되었다. 해결해야만 하는 다른 문제들도 많아지고 어려움도 따라왔지만, 묵묵히 해결하는 모습을 인정받았는지 3년 후에는 본사 공장을 총괄하는 공장장이라는 위치에 올라갈 수 있었다.

물론 회사의 업무적인 것뿐만 아니고 개인적으로도 미래를 위한 준비를 하기 시작했다.

노년의 신사분 때문이었는지 취미 생활이면서도 퇴직을 하게 되면 하고 싶은 일과 관련이 되는 것에 집중했다. 퇴직이라는 것이 현실이 되었을 때 또 다른 직업으로 발전될 수 있는 것을 생각했다. 그것이 지금 당장에는 도박이라고 생각될지라도 작은 실행을 차근차근히 해 나간다면, 분명 도박이 아닌 도전으로 만들어 당당하게 할 수 있는 날이 올 것이다.

유난히도 따스한 햇볕이 비춘다. 더울 것 같지만 항상 살랑이는 바람이 있어 덥기보다는 시원함을 느낄 수 있는 곳이다. 한적한 바닷가 마을에 새로이 페인트를 칠한 자그마한 집이 있다. 이 집은 마당 어디에서나 바다를 한눈에 볼 수 있게 담장이 낮은 집이다. 담장이라고는 하나 경계를 구분하기 위한 표식일 뿐 실제로는 대부분이 꽃밭을 둘러싸고 있는 울타리다. 통나무로 만들어진 울타리는 칼날같이 일정한 높이로 맞춘 것 아닌 일부러 들쑥날쑥하게 박아 놓은 것이 아닐까 하는 생각이 들 정도로 자유분방한 모습이다. 마당 어디에서나 바다가 잘 보이긴 하지만 그중에서도 저 멀리 포구에 떠 있는 낚싯배 한 척과 일직선을 이루는 위치에 큰 안락의자가 하나 있다. 중년을 넘긴 듯한 남자가 그 의자에 앉아 한가로이 커피를 즐기고 있다. 그는 몇 해 전 회사를 퇴직하고 내려와 작은 집을 손수 고치기 시작했었다. 어느 날부터는 작은 낚싯배에 손님을 태우거나 혼자 나가 낚시질로 잡아 오는 생선으로 생활하고 있다. 풍족하지는 않지만, 하는 행동과 마음 씀 씀이에서 여유로움이 묻어난다. 머지않은 미래, 머릿속에 생각하고 있는 여러 풍경 중 하나다. 이런 상상을 하며 낚싯배를 운용할 수 있는 자격을 획득했다. 2종 소형 면허도 취득해 바이크 관련하여 카페나 커스텀을 하는 일도 생각하고 있다. 모두 정년 없이 할 수 있는 일. 취미를 즐기며 할 수 있는 일이다. 꿈꾸고 있는 여러 일들이 있지만, 아직은 아이들 뒷바라지를 고려하면 금전적인 부분에서부터 감당할 수 있는 수준을 넘는 도박의 영역임이 분명하다. 다만, 꿈꾸고 있는 계획에서 필요한 것이기 때문에 작은 실행이라고 생각해 도전했고, 조금씩 앞으로 나아가고 있다.

올해 본격적인 더위의 시작을 알리는 폭염주의보가 발효되던 6월 하순의 어느 날이었다.

그동안 많은 부분에서 도박의 영역이었으나 마음 한구석에 꿈으로만 가지고 있었던 하나의 큰 도전을 실행하기로 마음먹었다. 그동안 회사 일을 하면서도 다른 일과는 다르게 후배들을 가르치고 사내 강사로 교육하는 일에는 즐거움을 느끼고 있었다. 문득 그것을 깨달았을 때부터 준비한 일이다. 마음 한편에 오랫동안 가지고 있던 꿈을 실현해 보고 싶었다. 처음 그 생각을 했을 때만 해도 정말 무모한 도박의 영역에 있던 일이다. 몇 년 전부터 관련된 자격을 몇 가지 발급받으면서부터 준비했던 것 같다. 결정하기 마지막 몇 개월 동안 혹시 모를 금전적, 시간적, 정서적 위험을 줄이기 위해 밤늦도록 고민하는 시간을 가졌다. 확인할 수 있는 모든 정보와 지인들까지 직접 만나 보고 두 번 세 번 확인한 결과 최악의 상황이 온다고 해도 감당할 수 있겠다는 판단이 들었다. 이제 도전의 영역으로 변경해도 되겠다고 생각했기에 실행에 옮기기로 했다.

'자발적 퇴사'

곱씹어 보는 거지만, 나에게 주도권이 없는, 누군가 두고 있는 장기판의 말이 더 이상 되지 않기로 했다. 이곳을 퇴사하고 꿈꾸던 일을 한다고 해서 직장인의 삶을 사는 나에게 쉽게 삶에 주도권이 올 수 없다는 것을 누구보다도 잘 알고 있다. 하지만 그 일을 하면서 지금처럼 도전하는 것을 멈추지 않고, 하나씩 헤쳐 나간다면 그런 불안은 많이 사그라들 거라는 확신이 있다. 지금으로써는 뭔가 내 삶에서 한 발짝을 내디딘 듯한 기분이 먼저 든다.

신입 사원으로 입사해 21년을 넘게 다닌 회사다. 미련이 많이 남기도 하고 새로운 일에 대한 두려움이 있는 것도 사실이다. 하지만 지금껏 잘해온 나를 믿는다. 마지막 출근을 하던 날 동료들과 후배들에게 한마디씩 질책과 응원을 부탁했다. 다행히도 주변 동료들, 후배들에게 걱정이나 질책보다는 많은 응원 들으며 당당한 걸음으로 마지막 퇴근을 할 수 있었다.

스승님께
저의 인생 스승님 감사드립니다. 여러모로 회사생활과 제 인생에 많은 조언과 격려를 해 주셨지만, 어려운 마음 또 한편으로는 잘 선택하셨다는 말씀을 드리고 싶네요. 그간 좋은 추억만 간직하시고, 항상 좋은 일들만이 충만하시길 바라겠습니다.
항상 저도 오매가매 연락 자주드리겠습니다.

그동안 고생많으셨습니다.
새로운 길에 도전하는 거에 대해 정말 박수를 보내드립니다
부장님이 어떻까지 보여주셨던 걸 보면 앞으로도 걱정은 없을꺼 같네요
후임들 일에서 부끄러운 고참이 되지 않으실려고 노력 많이하셨습니다.
건강하시고 종종 연락드릴께요

그동안 고생많으셨습니다!
업무에는 포효함서넣하며 회사밖에서는 멋진 선배의 모습을 보여주셔서 많은 배움을 얻을 수 있었습니다. 부장님 밑에서 일할기회가 없었던건지 아쉽네요. 휴가때 여행갔던 기억은 잊을수없는 즐거움으로 오래 남아있습니다. 언젠가 또 다시 행복한 모습으로 뵐수있기를 기원합니다!!

제2의 인생 승승장구를 기원합니다.
21년동안 고생 많이 하셨습니다. 어려운 마음이 알지만 쉽지않은 결정 하셨으니 승승장구를 기원 합니다.
제2의인생 지금처럼 살던대로 살면 좋은일 생길거라 믿어 의심치 않습니다.
화이팅 입니다~~^^

정말......
정말 힘들고 어려운 결정 하신거, 미래의 일은 예측을 할수 없으니 항상 열정을 가지고 앞으로 나가가는 모습은 분명 좋은 결실을 맺을거라 생각합니다 항상 힘내세요 화이팅

언제나 올바르고 당당했기에..
21년을 한 회사에 청춘 다 바치고도 이러한 결정에 박수를 보냅니다.
그리고 훗날의 선택에 응원을 보냅니다.
항상 모범이 되었던 그 모습은 잊지 않겠습니다.

늘감사했습니다
정말 고생만 하시다 가시는듯 하여 맘이좋진 않아도
부장님 ~!!항상 응원하겠습니다
건강조심하세요~^^
화이팅!!!!

고생 많으셨습니다
부장님과 일하면서 여러가지 배운 점도 많고
아직도 더 배워야겠다 생각했는데 이렇게 떠나시게 되어 아쉬움이 많이 남습니다
어떤일을 하시더라도 멀리서 응원 합니다.
그동안 고생 많으셨습니다

모든 도전이 그러하듯 한동안 새로운 것에 적응하느라 몸과 마음은 힘들겠지만, 도전이라는 것은 항상 날 즐겁게 하는 힘이 있다.

목표 둘. 새장가 가기

퇴사가 실행에 옮겨지고 직원들과 송별회를 겸한 몇 번의 식사 자리가 있었다. 여러 그룹의 사람들과 자리했지만, 오늘은 특별하게 그동안 친분이 있는 여직원들과 마누라님까지 함께 하는 식사 자리를 마련했다. 그 인원 중에는 몇 달 전 퇴사하겠다며 찾아와 상담했던 직원도 있었다.

"이 배신자, 너무한 거 아니에요. 나한테는 다시 생각해 보라고 말해놓고."

볼멘소리로 식당에 들어오자마자 한 소리 한다.

"난 준비가 돼서 하는 거야. 넌 준비가 안 된 거고."

뭔가 미안한 마음에 얼른 대답했다.

"그때 이야기했잖아. 도박을 도전으로 바꾸면 퇴사할 수 있다고."

그날 이야기해주었던 것을 되짚어 보며 한마디를 덧붙였다.

"그래도 너무 빠른 거 아니에요."

서운함인지, 정말 인정을 못 하겠다는 건지 한껏 눈꼬리를 올리며 식식거린다.

"뭔데, 도전은 뭐고 도박은 또 뭐야."

도박이라는 단어가 좀 이상했던지 옆에 있던 다른 직원이 궁금한 듯 물어보았다. 지난번 퇴사에 대해 상담하면서 했던 이야기를 다른 직원들에게도 하게 되었다. 회사 생활이 힘들다고 무작정 퇴사하는 것은 도전이 아니고 도박일 뿐이다. 꼭 차근차근 준비해서 도전이 확실할 때 해야 한다. 퇴사가 아니라도 새로운 것을 시작한다고 할 때는 이것이 둘 중에 어느 쪽에 가까운지 생각하고 시작해야 한다. 내가 퇴사하는 것이 걱정돼서 그러는지 긴 이야기에도 그런 준비를 다 하고 퇴사한다는 것을 믿지 않는 표정이다. 어떤 노력을 해서 퇴사까지 결심하게 되었는지, 더 크게는 도전에 대한 어떤 삶에 목표를 가졌는지 좀 더 상세하게 이야기해주었다. 환송회를 겸한 식사 자리라서 그런지 좀 무거운 이야기를 하고 있다는 생각이 들었다. 한 마디라도 더 인생 후배들에게 도움이 되는 이야기를 해주고 싶었다.

"내가 삶에 목표로 정하고 있는 것이 총 두 개가 있어."

"하나는 도전에 관한 거고, 또 하나는 뭔데요."

직원 중 가장 연장자인 직원이 물었다.

"새장가 가기."

짧게 대답했다. 마누라님이 옆에 있었지만, 난 당당하게 말했다.

"뭐야. 이런 뻔뻔함은 아직 정신 못 차렸구먼."

장난이나 농담하는 줄로 알았는지 코웃음을 친다. 삶에 목표를 말해 준다고 하면서 뭔 이상한 소리를 하냐는 듯 핀잔이 담긴 말투다. 다른 결혼한 직원도 반응은 같다. 옆에 앉아있던 마누라님은 다 안다는 듯 조용히 웃고 있다. 삶에 목표라는 것을 문장으로 만든 몇 년 전부터 마누라님에게 했던 말이다 보니 이제는 서로 농담을 주고, 받을 정도다.

"이래서 어디 새장가 갈 수 있겠어."

내가 감기라도 걸려서 아프다고 누워 있으면, 은근슬쩍 옆에 와서 놀리듯 마누라님이 하는 말이다.

"일어난다. 새장가 갈 때까지는 안 죽는다."

나도 자연스럽게 받아친다.

아무런 설명 없이 문장 그대로만 말했을 때는 다른 사람들도 지금 날 보며 코웃음을 치고 있는 직원과 같은 반응이었다. 매일 같이 행복하고 단란한 삶을 살고 있다고 할 수는 없다. 하지만 지금껏 아무런 문제 없는 결혼 생활을 하는 내가 새장가를 갈려고 한다면 몇 가지 전제 조건이 충족되어야 한다.

첫째. 악하게 범죄자가 되거나 억지로 행복하지 못한 생활을 만들지 않는다면, 무조건 마누라님보다 오래 살아야 한다. 그냥 오래 사는 것이 아닌 어디 아픈 곳 하나 없이 건강하게 오래 살아야 한다. 둘째. 그때까지 경제적인 여유가 어느 정도 있든지 아니면 지속적인 경제 활동을 하고 있어 금전적으로도 여유가 있어야 한다. 셋째. 사회와 동떨어져 혼자 사는 것이 아니고 남들과 어울려 즐거운 사회생활도 하고 있어야 한다. 세 가지 전제 조건을 모두 만족할 때만 새장가를 가는 것이 가능하다고 생각했다. 문장 그대로 새장가를 간다는 의미가 아니다.

마누라님이 떠나가는 날까지 아니 그 후로도 사는 동안에 크게 아픈 곳 없이 건강을 지키며, 금전적 여유를 가지고, 사회생활도 열심히 하는 삶을 살고 싶었다. 그래서 정하게 된 것이 새장가 가기라고 하는 삶의 목표다. 목표라는 것을 정할 때 장황한 것보다는 간결하게 한 문장으로 표현하는 것이 더 좋을 것 같았다. 모든 의미를 포함할 수 있는 간결한 문장으로 압축해서 표현하다 보니 좀 억지스럽고, 엉뚱하다고 생각되긴 하지만 가장 간결하게 최종적으로 살고 싶은 삶을 표현하고 자 해서 '새장가 가기'로 정했다.

처음 식당에 들어와 이야기를 시작했을 때만 해도 창문에 설치된 블라인드만으로는 7월의 눈 부신 햇살을 다 막지 못했다. 그렇게 들어 온 햇살이 테이블마다 넘치고 있었다. 긴 이야기를 나눈 것 같지는 않 은데, 시간은 흘러 어느새 밝은 온종일 따뜻하게 비추던 햇살을 보내 버리고 아직은 낯선 어둠이 드리워져 있다. 그러나 길 하나 건너다보 이는 가로등 불빛이 유난히도 밝아 나가는 길은 크게 문제없어 보인 다. 퇴사와 도전이라는 조금은 무겁고, 거창한 말로 시작된 식사 자리 였다. 현재 기분은 어떤지, 후회는 없는지, 새로운 일에 대한 걱정은 없는지 이것저것 묻고 답하기를 계속 반복하고 있었다. 오랜 시간 함 께 했지만, 누군가는 떠나보내고 또 누구는 떠나는 것이 아쉬워 마지 막 수저를 놓지 못하고 있을 뿐 식사도 이야기도 끝나있었다.

맺음말

윙. 윙. 핸드폰 진동 소리에 잠이 깼다. 출근 준비를 위해 맞추어 놓 은 알람 소리는 아니다. 불도 켜지 못하고 더듬거리는 손으로 핸드폰 을 확인했다. 어젯밤 인터넷 커뮤니티 카페에 글을 하나 올려놓았는 데 그 글에 댓글이 달린 거다. 늦은 나이에 전혀 다른 일을 시작하면서 불안한 마음과 궁금한 것에 대해 지금 그 일을 하고 있거나, 하려고 하는 분들과 정보를 교환하기 위해 가입해 놓은 곳이다. 기존에 몇 번 그 일을 도전하고 싶다는 것과 기존 회사를 퇴직하고 면접에 합격한 후기를 올렸던 터였다. 어제는 새로운 일을 시작하고 아직 까지는 잘 적응하고 있노라는 후기 글을 작성해 놓았었다. 전혀 일면식도 없는 분이지만 그 글에 응원의 댓글을 작성해 주셨다. "잘 적응하고 계시다니 제가 더 마음이 놓이고 기쁘네요. 늦은 나이에 일에 대한 경력도 없어 자신감이 없어졌을 때 이전에 올려놓은 글들을 읽게 되었습니다. 마치 내 모습 같아 도전에 응원했고, 면접 합격하셨다는 글에 너무 기뻤어요. 이제는 잘 적응하고 계신다는 글을 보니 저도 다시 자신감을 가지게 되네요. 항상 응원하고 남은 목표도 꼭 이루시길 바랍니다." 일어나야 하는 시간보다 일찍 일어나게 되어 피곤하긴 하지만, 그분의 몇 줄 안 되는 글로 인해 오늘 하루도 행복하게 시작할 수 있는 즐거움을 얻었다.

너무나 주관적이고 개인적인 경험으로 내가 사는 삶에 관해 이야기했다. 한편으로는 누구도 공감 못하는 이야기를 했을 수도 있다. 세상 어느 이야기도 자신의 어려움이나 고민과 정확하게 일치되지는 않는다. 살아가면서 작든 크든 어려움과 마주하게 되었을 때 방황하느라 아무것도 하지 못하는 경우가 많다. 어딘가에서 작은 도전도 쉽게 시작하지 못하는 분들이 있다면, 잠시만이라도 다시 목표를 만들고 도전해 볼 수 있는 마음이 들었으면 좋겠다.

석 잔에 넘긴 뜨뜻한 효도

송화

송화   집밥과 초콜릿. 서로의 조합은 부자연스럽지만, 이 조합을 사랑하는
유별난 청년입니다.

순대국밥

할머니는 어머니의 청춘 시절에 순대 국밥집을 하셔서 음식 솜씨
는 예민한 입맛에 정답지였다. 다만, 할머니가 살아생전에 순대국밥
을 해주신 적이 없으셔서 아쉽게도 해결될 수 없는 호기심으로 진하
게 남아있다. 그래서 음식 중에 가장 애착이 가는 음식이 순대국밥이
다. 몇 주 전에 부산을 혼자 갔을 때는 국밥집만 세 군데를 돌면서 국
밥의 찐 맛을 알기 위해 혀의 신경을 곤두세웠다. 내가 기대했던 맛은
간이 세고 고기는 매우 부드러우며 잡내가 없고 3일 굶고 나서 먹었
을 때의 한방이 있는 맛이었다. 부산이 국밥으로 유명하다고 들었기
에 다른 음식의 유혹에도 기대감과 함께 꾹 참고 먹었다. 인내한 만큼
기대에 부응한 음식점이 한 곳이 있었지만, 여전히 아쉬움은 남았다.
그래서 할머니의 음식이 그리웠다. 할머니의 음식 솜씨가 파인다이닝
요리사들처럼 손꼽을 정도는 아니었지만, 오랫동안 해주신 음식에 입
맛이 적응돼 다른 음식이 되레 아쉽게 느껴지는 것 같았다. 할머니의

음식들을 떠올리면 대체로 간이 세고 양이 푸짐하였다. 비법이 있었는지 모르겠지만, 가득했던 내 밥그릇은 항상 텅 비었다. 해주셨던 음식에 대한 그리움이 커서 마음 같아선 회사를 쉬고 전국 국밥 맛집이란 맛집은 다 돌아다니고 싶었다. 운이 좋으면 언젠가는 나도 모르는 사이 할머니가 요리하셨던 국밥과 비슷한 국밥을 먹어볼 수 있지 않을까 하는 바람에서 말이다. 물론 내가 그리는 할머니가 해주실 순대국밥은 맛이 대단하지는 않겠지만, 다른 음식과는 분명하게 다를 것이다.

할머니는 나에게 정말 애틋한 분이셨다. 그래서 할머니와의 마지막 순간이 아직도 잊히지 않는다. 학교 수업을 마치고 건물을 막 나왔는데 전화 한 통이 걸려 왔다. 전화기 화면에는 '엄마'로 쓰여있었다. 평상시처럼 전화를 받았는데 어머니가 묵직한 말씀을 하셨다. "할머니 바꿔 줄게, 말은 못 하셔도 들을 수 있으시니까 마지막으로 하고 싶은 말 있으면 얼른 해." 전화를 받자마자 당황할 수밖에 없었다. 할머니가 아픈 건 알고 있었지만, 갈 수 없다는 좌절감과 마지막 통화라는 비참한 상황이 고통스러웠다. 수화음에서는 아무 말도 들리지 않았다. 그저 힘겹게 내쉬는 숨소리만 들릴 뿐, 어머니가 나중에 말씀해주시기로는 나와 통화하실 때 눈물을 흘리셨다고 하셨다. 그때 할머니를 위해 할 수 있는 일은 "괜찮아요, 괜찮을 거예요"라고 말하는 것뿐이었다. 슬펐다. 전화가 끊어지지 않기를 바랐다. 하지만, 끊어졌을 때 난 그 자리에서 서서 하염없이 내리는 눈을 몇 분간 맞으면서 서 있었다. 하얀 눈들이 소복이 쌓여 학교의 풍경이 한 폭의 그림 같았지만,

풍경과 반비례하는 상황이 더욱 슬프게 만들었다. 뒤늦게 모든 게 후회로 다가왔을 때는 이미 늦은 후였다. 그래서 한 번이라도 다시 만날 수 있다면 감사한 마음을 전하고 따뜻한 밥상으로 대접하고 싶다.

첫 잔

국밥의
바닥까지
긁어낸
그리움의
쓰라린
사투

감사합니다.

소고기

　처음 회사 입사했을 때는 모르는 업무들로 골이 아팠다. 그래서 첫
날에는 우왕좌왕하다가 눈 깜짝할 사이에 퇴근 시간이 되어있었다.
바로 집에 가기 아쉬워 첫 출근을 기념하기 위해 친구와 술을 마시러
갔다. 평소와 달리 그날의 소주는 쓰지 않고 달았다. 어찌 보면 처음으
로 소주 맛을 알게 된 쓰라린 날이었다. 그렇게 고된 하루를 힘겹게 넘
기면서 마침내 한 달이 되었다. 통장을 확인해보니 숫자가 달라져 있
었다. 허세를 자극할 만큼 이상적인 금액은 아니었다. 하지만 부모님
에게 조금 비싼 음식을 사드릴 수 있는 금액으로는 충분하였다. 들뜨
는 감정을 미소에 새기고 가장 먼저 향한 곳은 TV 소리가 들리는 우
리 집 거실이었다. 부모님을 본 순간 자신감으로 충만한 첫 말이 거실
의 공백을 빈틈없이 채웠다. "우리 외식하러 가요"! 15분 뒤 차의 경
쾌한 시동 소리가 귓가에 울려 퍼졌다. 운전이 아직 익숙지 않아 아버
지가 운전을 해주셨다. 그런데 오래전 수술한 다리가 그날따라 많이
아프셨는지 손으로 부여잡으며 고통을 참고 있으셨다. TV에서 어떤
사람이 울 때 물안경을 쓰고 우는 모습을 본 적이 있었다. 나도 모르게
울컥하여 TV에서 본 그 사람처럼 물안경이 간절히 필요한 순간이었
다. 회색빛으로 빼곡히 물든 아버지에게 좋은 것만 해드리고 싶은 마
음이 차 타고 가는 내내 가시지 않았다. 그래서 비싼 장어를 사드리고
싶었다. 하지만 우리가 도착한 곳은 장어집이 아닌 소고깃집이었다.
조금 당황스러웠다. '돈 더 주고 장어 사드리고 싶은데.' 부모님에게

"그냥 장어집 가요"라고 저돌적으로 말했다. 하지만 아버지는 소고기를 드시고 싶어 하셨다. 조금 더 고집을 부리고 싶었지만, 아버지의 취향이 아니라면 포기하는 게 맞았다. 결국 쓰라린 포기를 반갑게 맞이할 수밖에 없었다. 식사한 뒤, 차에서 창밖을 바라보며 생각했다. 그러고 보니 식사할 때 아버지는 맛있는 음식이 앞에 있으면 절대 먼저 먹지 않고 우리부터 먹으라고 말씀하셨다. 아버지의 행동을 너무 자연스럽게 받아들였고 음식 앞에서 너무 이기적이었다는 생각을 하게 되었다. "아버지 맛있는 부위 좀 드세요", "아버지 먼저 드세요"와 같이 따뜻한 말을 해드릴 수도 있었는데 말이다. 그리고 보면 이런 말들 외에도 아버지가 어떤 걸 좋아하시는지 어떤 취향을 갖고 계시는지 고민한 적이 없었다. 자식으로서의 기본을 오랫동안 놓치고 있었다고 생각이 드니 부끄러웠다. 하지만 아버지를 알아가는 일은 여전히 서툴고 어색하다. 아버지가 원하시는 것이 많지 않다는 건 알지만, 그 조금을 알아가는 게 왜 이리 어려운지 오답 노트라도 전문가에게 빌리고 싶은 심정이다.

며칠 뒤에 아버지에게 밤에 치킨을 같이 먹자고 권유하였다. 물론 치킨 한 마리가 아버지의 기력을 되돌릴 수 없다는 건 변함없는 사실이었다. 그렇게 비싼 음식도 아니지만, 아버지와 탁자에 앉아 단둘이 편안하게 식사하기에는 안성맞춤인 음식이었다. 치킨을 먹으면서 그동안 몰랐던 서로의 취향에 대해서 조금은 알아가는 시간을 가졌다. 덕분에 아버지가 꽃등심을 좋아한다는 사실을 알 수 있었다. 그래서 다음 달에 월급 받으면 꽃등심을 사드려야겠다.

두 잔

불판
위에
드러난
서글픈
취향

고맙습니다.

삶은 양배추

인내심과 배려심의 단계가 아직 아마추어일 때는 세상을 바라보는 관점이 나의 중심이기에 어머니는 항상 내 모든 걸 이해해 주어야 하는 희생양이셨다. 학교 다니던 시절 공부는 인생의 전부였다. 모의고사의 성적이 만족스럽지 않으면 다음 시험에서 점수 1점이라도 더 받기 위해 새벽 2시까지 공부하였다. 잠이 부족하니 당연히 건강은 나빠질 수밖에 없었다. "엄마 배가 너무 아파요, 미치겠어요" 공부 때문에 스트레스가 쌓이면서 이 말만 수도 없이 해댔다. 약을 먹어도 도통 낫지 않아서 어머니는 걱정이 이만저만이 아니셨다. 그래서 해결책으로 아침, 점심, 저녁을 된장찌개와 함께 삶은 양배추를 반찬으로 요리해 주셨다. 처음에 삶은 양배추는 맛이 없었다. 하지만 부드러워서 소화하기도 편했고 된장에 찍어 먹으면 조금은 먹을 만하였다. 이 음식을 하루만 먹지 않았다. 질릴 때까지 먹었다. 다른 음식들은 잘 소화를 못 시켰기 때문에 몇 개월 동안 삶은 양배추로 배를 채워야 했다. 어머니도 함께 식사하셨기 때문에 같은 메뉴로 몇 개월 동안 드셨다. 어머니의 음식 취향이 분명히 있었겠지만, 이 힘든 시기를 잘 이겨냈으면 하는 마음에서 함께해 주셨다. 만약 내가 똑같은 음식을 매일 먹어야 했다면 많이 힘들었을 것이다. 하지만 어머니는 그렇게 해주셨고 지금도 헌신하시는 마음은 변치 않으셨다. 그래서 정말 고맙고 한편으로는 곱절로 보답해드리지 못해 미안하다.

음식은 따뜻한 마음을 전하고 상대방을 감동하게 하는 힘이 존재한다. 누군가에게 작은 빵을 선물 받으면 감동은 잔잔하게 남고 이별하는 순간에 하는 마지막 식사는 잊히지 않는 추억으로 기억된다. 그래서 이렇게 3가지 음식들을 추억에서 꺼내 보았다. 음식마다 주는 여운이 다르지만, 공통된 마음은 고마움이다. 이 고마운 마음 덕분에 힘들었던 하루를 버틸 수 있었고 앞으로 나아갈 수 있었다. 그리고 지금까지도 이 추억에 기대어 하루하루를 살아가고 있다. 그래서 이제는 받기만 하는 일상을 청산하고 즐거운 추억을 만들어 드리는 좋은 아들이 되고 싶다. 한동안 부모님에게 무관심하였고 나 살기 바빠서 주위를 돌아볼 여력이 안 되었다. 힘들고 어려울 때 항상 내 곁에 계셔서 도와주셨는데 정작 내가 해드린 게 뭐가 있는지 잘 기억이 나지 않는다. 더 늦기 전에 제대로 효도하고 싶다. 시작부터 대단한 걸 해드릴 수 없지만, 일주일에 한 번이라도 전화해서 안부를 묻고 먹고 싶은 거 있으실 때 외식 비용 대고 이런 소박한 일상을 미루지 말고 실천하려 한다. 그리고 시간이 많이 흐른 뒤에 부모님의 희생하신 시간에 곱절로 베푼 나의 이력을 보며 비로소 마음에 즐거운 평화를 얻을 것이다.

석 잔

배춧잎에
스며든
정성이
희생의
주체를
뒤바꾼다

사랑합니다.

나의 건강한 완주를 위하여

이지수

이지수   어렸을 때부터 회장, 학생회를 도맡아 했다. 성실한 성격이며 완벽주
의다. 계획적이고 추진력이 빠르다. 키가 커서 곧잘 달렸으나, 달리기
할 때면 앞만 보고 달리는 사람이라 가끔 넘어지고는 했다. '흔들리지
않고 피는 꽃은 없다.'라는 말을 좋아한다.

인스타그램: @2k__cr

차갑고 정적인 기운이 감도는 병원과 해맑고 무엇이든 가볍게 여기며, 설령 무슨 일이 일어난다 한들 내가 다 해결할 수 있을 것 같은 느낌으로 가득 찬 나는 극명한 대비를 이루고 있었다. 이내 그 경계가 모호해지고 온통 냉기로만 가득 차게 만든 것은 단 몇 마디면 충분했다.

"자궁에 용종이 있으시네요. 수술하셔야 할 것 같습니다."

방어하지 못한 채 맞은 가격은 내게 치명타를 입히기 충분했다. 정신을 겨우 부여잡으며 앞을 또렷이 보려고 했으나 세상은 그런 나를 기만하듯 또다시 급소를 가격했다.

"뇌혈관이 수축하신 것 같습니다. 우선 뇌혈관 수축 증후군이 의심되며 증상이 심해지면 뇌출혈이나 뇌경색으로 가실 수 있으십니다."

아… 신이시여. 제가 당신을 믿지 않아서 이런 장난을 치시는 건가요. 올해부터 삼재가 시작이라던데 이게 바로 그 시작인 건가요. 세상이 나에게 장난을 치는 거라기엔 주변은 너무 정상적으로 돌아가고 있었고 나 혼자만 멀뚱하니, 서 있는 꼴이었다.

스물넷인 내게 삽시간에 벌어진 이 일들은 모든 것이 꿈만 같았다. 잠은 도무지 오지 않았고, 속절없이 흐르는 시간을 질질 부여잡으며 어제와 오늘의 경계를 멍하니 바라보고 있다가 겨우 잠에 청했다.

다를 것 하나 없이, 쳇바퀴 굴러가듯 똑같이 하루는 시작됐다. 오늘도 열심히 버텨내기 위해, 수많은 사람 사이로 함께 출근했다. 정신없이 일하다 보니 물을 마실 시간도, 화장실에 갈 시간도 없었다. 업무량은 물밀듯이 쏟아졌다. 그냥 물도 아니고 파도 수준이었다. 그것도 집채만 한. 일할 때면 날아다니는 기분이 들었다. 기분 좋은 날아다님이 아니라 너무 바빠 발에 땅을 디딜 시간이 없어서 이럴 때면 내가 발바닥에 땅을 디딘 채 일했나 문득 의문점이 들기도 했다. 그렇지만 나는 이상하리만치 내가 힘듦이 극에 달하면 달할수록 그에 오는 고양감을 느끼는 것을 좋아하며 꽹장히 만족해했다. 숨은 제대로 쉬었는지 의문이 들 정도로 일하고 나면 일해낸 스스로에 대해 기분이 좋았고, 동시에 매 순간 성장해가는 나를 볼 때마다 기뻤다. 그리고 더욱 성장하기 위해 퇴근하고 나서와 주말에는 업무 관련 공부를 했고, 부족한 부분을 채우기 위해 업무를 하는 동안에도 적어둔 수첩을 매일 들여다보며 부단히 노력했다. 매일 메모하고 또 적고 복기하고 외우고를 반복했다. 일하면 할수록, 사람들이 나를 찾을 때마다 느껴지는 그 짜릿함은 나를 이루 말할 수 없는 기분에 휩싸이게 했다. 회사 내부뿐만이 아니라 밖에서까지 나를 찾고, 칭찬했다. 칭찬이 야박한 이 생태계에서 칭찬을 들을 때면, 어젠 해내지 못했던 업무를 오늘 혼자서 해낸 모습을 볼 때면 나는 더욱더 꼿꼿해져 갔다.

하지만 근무하고 나서부터 인생이란 것은 내 계획대로 되지 않는다는 것을 알게 되었다. 100점짜리 회사는 없고, 100점짜리 직장 동료들과 근무할 수는 없었다. 아무리 그렇다고 해도 내가 보기엔 40점인 사람이 나를 무시하고, 내가 아무리 답답해서 일한다지만 모든 일을 내가 하는 상황들은 나를 점점 짜증과 분노로 가득하게 만들었다. 그렇다고 멈춰서 포기하고 싶지 않았다. 보여주고 싶었다. 나는 여기서 이러고 있을 사람이 아니라는 것을. 그래서 더 좋은 곳에서 대우받으며 일하고 싶었다. 빠른 눈치와 센스, 적응력을 가졌기 때문에 어딜 가서든지 잘할 거라는 믿음은 강했다. 더욱더 큰 바다로 나아가기 위해 지금 있던 작디작은 어항에서 할 수 있는 모든 것을 하고 나가겠다고 마음먹었다. 아무리 나라도 준비가 되어있지 않다면 큰 바다에 간다고 한들 물고기를 잡기는커녕 익사하기 마련이기 때문이다. 인생은 계획대로 되지 않지만, 계획이란 것은 수정하면 되는 것이고, 까짓거 일단 해보면 되는 거 아니겠나?

갖고 싶은 것, 하고 싶은 것은 어떻게든 쟁취해내기 때문에 이직 목표가 생기자마자 나만의 이중생활은 시작되었다. 직장에서는 이전과 다를 바 없는 그저 열심히 개처럼 일하는 직원이었지만 퇴근하고 나서면 가고 싶다고 생각한 대기업의 채용 공고를 늘 들여다봤다.

어김없이 시간이 어떻게 흘러가는지도 모른 채 근무하며 오늘도 상사에게 시달리고 그가 싸지른 똥까지 치워야 해서 스트레스가 극에 달하고 있었다. 도대체 언제까지 참아야 하는지. '참을 인' 자는 세 번이면 살인을 면한다는데 나는 매 순간 매주 몇 번의 범죄행위를 참아 낸 것인가. 오늘따라 유달리 스트레스를 극강으로 받아 위태로운 상황이었다. 세상에 신이 없다고 생각하는 사람인데 신께서도 내 하루를 보고 도저히 아니라고 생각하신 건지 무언지 내게 최악이었던 그날 밤, 퇴근길에 드디어 내가 바라던 그곳의 공고가 올라왔다. 곧장 나는 내 목표를 향해 또 한 발자국 나아갔다.

무난히 서류에 합격했고, 면접 결과가 나오는 날이었다. 자신감과 긴장감은 별개였기 때문에 결과가 나오기 전까지 떨리는 것은 어쩔 수 없는 일이었다. 그 순간 내 긴장감을 일깨우는 경쾌한 문자 알림음이 들렸다. '전형 결과발표, 이메일 및 홈페이지 확인 바랍니다. 감사합니다.' 문자를 확인하자마자 정말로 미친 듯이 심장이 뛰어오르기 시작했다. 그래, 너 거기 있는 거 나 잘 알아. 아니, 온 국민이 모두 아는 사실이야. 알겠으니까 진정 좀 해봐!!! 그렇지만 심장은 좀처럼 진정할 기미를 보이지 않았고 오히려 더욱더 빠르게, 미친 듯이 제 위치를 알리며 박동하고 있었다. 눈을 질끈 감고 이메일을 확인하니 아직 메일이 들어오지 않았다. 그렇게 1분, 2분 그 짧은 시간이 내게는 너무나 길고도 긴 시간으로 느껴졌다. 심장이 정말 입 밖으로 튀어나올 수 있겠다는 생각이 들 정도였다. 그러다 3분째. 새로 고친 순간 새로운 메일이 생성되었다. 클릭하고 가장 먼저 보인 단어는 "최종 합격"이었다. 막상 최종 합격을 받으니 놀라기도 놀랐지만 얼떨떨한 기분이 계속되었다. 약간 얼이 빠진 것도 같았다.

원하는 것을 얻었지만 사실 두려움이 없다면 거짓이었다. 하지만 인생은 알고 보니 죽어도 맞지 않겠다고 거부했던 것이 사실은 맞는 것일 수도 있다는 것을 알고 난 후 그 두려움에 조금 위안이 되었다. 어쩌면 이 순간을 위해 여러 과정이 있지 않았을까? 이젠 전 직장이 된 곳에서 근무하면서 느꼈던 수많은 생각, 감정들이 스쳐 지나갔다. 내가 극도로 싫어하고 스트레스받아 했지만, 인생에 순간순간은 정말 소중하지 않은 순간들이 없고, 사소해도 그게 다 어떻게든 결과를 만들어내기 때문이다.

새로운 시작이 눈앞에 도래했다. 진짜 인생은 한 치 앞을 모르는 것이다. 그렇기에 일단 전진한다. 아까도 말했지만, 순간순간들이 모여 소중한 기회를 낳을 수 있으니까. 그래, 이 순간이 오니까 삼재 그런 거 하나도 안 믿는데 맞는 것 같다고 했던 나 자신에게 코웃음을 쳤다. 삼재는 무슨 내 순간과 운명은 내가 만들고, 개척하고 변화시킨다. 또 한 번 나라는 존재가 멋있다고 생각했다. 어떻게든 기회를 놓치지 않고, 매 순간 최선을 다하며 쟁취해내는 네가 정말 멋있고 자랑스럽다고 느껴졌다. 더 나은 내가 되기 위해 이겨내고 견뎌내는 사람이 되자고 다짐하며 조금씩 앞으로 나아가고 있었다.

매일매일 받아내는 인수인계 양에 과부하가 걸릴 것 같고 처음엔 토가 나올 것도 같았다. 그런 모습에 한 편으로는 와… 이거 내가 감당할 수 있는 건가? 괜찮은 건가? 하며 숨이 막혀 하기도 했지만 다른 한 편으로는 여기서 끝내는 거에 대해 정말 후회하지 않을 자신 있냐? 하며 오기 아닌 오기가 생겨났다. 남들에게는 들어오고 싶은 곳인데 고작 며칠로 그만두고 싶지 않았기 때문이다. 그런데 하루하루 어떻게 보내다 보니 인간이란 참 무서운 게 적응의 동물이라 그런지 금세 익숙해져 갔다. 그러다 보니 힘들지 않아졌다. 몸이 힘든 것은 당연하지만 이제 익숙해져 가서 그런지 정확히 형용할 수 없으나 나아졌다. 역시 극에 달하니 나는 다시 만족감을 느끼고 있었다. 누가 보면 비극이라 할 수 있는 모습이 내겐 희극으로 바뀌는 순간이었다.

이젠 가끔 칭찬과 인정을 받으며 더욱더 즐기면서 일을 해나가고 있었다. 하지만 인생은 정말 계획대로 되지 않고 인간의 행복은 동전의 양면성처럼 금세 뒤집히는 것 같다. 행복했다가도 한순간에 최악으로 치닫는…. 큰 곳의 단점은 사공이 너무 많다는 것이었다. 신경 쓸 것은 그만큼 더 많아졌고, 업무는 당연히 늘었다. 매일 고래들 싸움에 새우등은 열심히 터지고, 눈치 없으면 살아남을 수 없는 정글과도 같았다. 그렇게 또 다른 문제로 스트레스를 조금씩 받아 가니 위가 제대로 탈 났다. 속이 불편한데…. 이런 생각을 가졌다가 그대로 다 게워냈다. 그런 날로 게워내면 다른 날에는 한 번 배운 것에 대해 실수를 하는 모습에 스스로 용납이 안 되어 화가 치밀었다. 벌써 몇 번 한 건데도 불구하고 아직도 잘 못 해내는 내 모습이 속상하고 짜증이 났다. 그래서 또 속이 뒤틀려 게워내기를 반복했다. 좋았다가 나빴다가 롤러코스터도 이런 롤러코스터가 없다고 생각하며 나날을 보냈다. 옆에서 보는 엄마가 보다 못한 나머지 한 마디를 외치셨다. '제발 몸 좀 생각하면서 해라. 너 그렇게 스트레스받아 할 거면 차라리 회사 그만둬. 아니다 싶을 때 빨리 나오는 게 나아.' 그 말이 기폭제가 된 건지 무언지 포기는 죽었다 깨어나도 싫고, 남들 말처럼 배추 셀 때나 하는 말이라며 더 악착같이 버텨내고 보란 듯이 해내겠다고 더 이를 악물었다. 잠을 더 줄이며 더 공부했고, 위가 자꾸 탈이 나서 게워내니 아예 먹지 않거나 식사량을 줄여버렸다. 신은 인간이 견딜 만큼의 고통을 준다고 했으니 이 정도 고통은 나중에 뒤돌아보면 결국 아무것도 아닌 것들이 된다. 참아내면 할 수 있다. 해낼 수 있다. 나는 그런 사람이니까. 매일 거울 앞에서 다짐하며 문 앞을 나섰다. 그 모습이 전쟁터에 나가는 용사처럼 비장함이 웅장하게 풍겼다. 남들의 눈엔 그 모습이 어떻게 보였을지 모르겠지만 난 내 비장함을 좋아했다.

어느 순간부터인지 아침에 일어나는 게 힘들었다. 몸이 안 좋다는 신호인 것 같은데…. 그리고 부쩍 잠을 제대로 못 자기 시작했다. 계속 깨기를 반복하니 너무 피곤했고, 피곤해서 머리가 아픈 건지 두통도 빈도가 조금씩 증가했다. 하지만 두통이야 늘 달고 살았고, 대한민국 직장인에게 두통은 만성적이기에 진통제를 늘 품으며 보냈다. 직장인은 몸이 아파도 출근은 해야 한다는 사실이 조금 서글프기는 했으나 그래도 뭐 어떡하겠는가. 해내야지. 하지만 오늘은 좀 달랐다. 머리가 정말 깨질 듯이, 아니 찢어질 것처럼 아파져 왔다. 조금 있으면 나아지겠지… 했으나 두통은 나아질 기미를 보이지 않았고, 진통제 수 알을 먹었음에도 통증은 사라지지 않았다.

월경도 원래 규칙적이지는 않았다. 그렇지만 어느 순간부터인지 규칙의 주기를 많이 벗어났고, 빈도나 색 그 어떤 것도 이전의 것과 같지 않았다. 그렇지만 '몸이 피곤해서, 요즘 야근을 많이 했으니까, 시간 지나고 좀 쉬면 사라질 것들'로 늘 치부했기에 대수롭지 않게 생각했다. 그러다 점심 먹고 쉬면서 그날따라 건강에 관한 이야기를 나눴다. 그에 나도 요즘 겪고 있는 현상에 대해 가볍게 이야기를 시작했다. 그 순간 한 동료가 내 팔을 단단하게 붙잡으며 얘기했다. "너 당장 산부인과 가. 나도 작년에 비슷한 식이어서 넘겼다가 하혈하면서 쓰러졌어. 그거 바로 병원 가야 해. 가서 어서 검사받아 무조건!" 상상하지 못한 반응에 당황스러웠다. 이게 그렇게 큰일인가? 싶은 반응을 내비치니 동료는 나를 크게 나무랐다. 그 모습에 알겠다며 처음으로 산부인과 예약을 잡고 검진받으러 갔다.

예약 당일, 대기실에 앉아있는데 도대체 왜 이곳에 와있지 하는 생각만이 온통 머릿속을 가득 채웠다. 차가운 침대에 누워 검진받으니 긴장감 어린 기운이 병원 안을 감돌았다. 그 고요 속에는 초음파 사진을 보며 달칵달칵, 마우스를 누르는 소리만이 가득 채웠다. 괜찮으시네요. 라는 말을 들을 생각으로 침대에 내려와 의자에 앉았는데 선생님이 뱉으신 단 한 문장은 나를 다른 시공간으로 이동시키게 만들기 충분했다. "자궁에 용종이 있으시네요. 사이즈가 애매하기는 하지만 이대로라면 수술하셔야 할 것 같습니다." 거짓말 하나 보태지 않고 꿈인가 싶었다. 이게 무슨 어디 드라마에나 나올 법한 장면인 건지, 같이 간 엄마가 덜덜 떨면서 수술하면 괜찮아지냐고 힘겹게 한 문장을 이어가는데 아직도 정신을 제대로 차릴 수 없었다. 그냥 눈물이 왜인지 날 것만 같았다. 우선 애매한 크기 때문에 지켜봐야 한다는 말을 듣고 병원 밖을 나선 우리 둘은 암 선고를 받은 사람 못지않게 얼굴에 순식간에 그늘이 드리워졌다.

산부인과를 다녀온 후에도 몸 상태는 안 좋아지기만 했다. 내 몸에 차례로 비상벨이 켜진 것 같았다. 두통이 점점 심해지자 결국 가정의학과에 찾아갔다. 첫 외래는 가벼운 분위기였다. "그냥 편두통일 것 같은데 혹시 모르니 CT 한 번 찍어보시죠. 두통이 심하다고 하시니 잠재울 약도 함께 처방해 드리겠습니다." 그래, 두통은 역시 만성적인 거야. 안심하며 일단 찍어보겠다고 하고 다음 예약을 잡았다. 그렇게 살면서 또 처음으로 뇌 CT를 찍었다. CT를 찍는 당일, 탈의실 거울 속에 비친 환자복을 입고 있는 모습이 어색하면서 너무 싫었다. 그때부터였나 무언가 두려움이 또 몸 전체를 휘감기 시작했다. 왜인지 눈물이 날 것만 같았다. 아무리 병에는 나이가 없다지만 대기실에 계신 분들은 대다수가 할머니, 할아버지들이셨는데 그 와중에 우뚝 선 내 모습이 너무 생경했다. 무언가 무섭고 두려워서 보호자 대기실에 있는 엄마 아빠를 하염없이 바라보다가 이름이 호명되어서 촬영실로 들어갔다. 누운 순간 더 큰 공포가 나를 잠식했다. 조영제가 들어가는 느낌은 정말이지 최악이었다. 조영제가 혈류를 타고 온몸 구석구석 흘러 들어가는 느낌이 그대로 전해졌다. 그 때문에 온몸은 불에 타오르는 것 같았다. 제발, 다시는 겪고 싶지 않은 경험이었다.

이후 다음 예약 날까지 긴장의 끈을 약간 풀어 헤친 채 보내고 있었다. 그렇지만 예약 당일이 되니 혹시 모를 약간의 긴장과 불안이 느껴지는 건 어쩔 수 없었다. 자리에 앉자마자 내겐 또 다른 드라마 2회차가 펼쳐지고 있었다. "우선 너무 놀라지 말고 들으세요. 뇌혈관이 수

축하신 것 같습니다. 협진 의뢰해 드릴 테니 신경과로 가보셔야 할 것 같습니다. 우선 뇌혈관 수축 증후군이 의심되며 증상이 심해지면 뇌출혈이나 뇌경색으로 가실 수 있으십니다. 우선 저번에 처방해드린 약은 효과가 좀 있으셨나요?" "아뇨, 두통은 그대로였습니다." "…다른 약을 처방해 드리겠습니다. 이번에 드리는 약은 혈압약입니다." 외래가 끝나고 나오는데 어쩐지 시리도록 냉담했고, 덤덤하게 걸어 나왔다. 다시 직장에 돌아와 아무렇지 않게 최대한 일을 계속했다. 미친 듯이 일이라도 하지 않으면 온통 오늘 결과 생각에 눈물이 앞을 가려 아무것도 못 할 것 같았다. 퇴근 후 약 처방을 받기 위해 약국에 들렀다. 이름이 호명되어 받으려고 다가갔다. "어느 분 약이세요?" "…저요." "아… 네… 혈압약이시네요…." 하며 약간의 당황이 섞인 말투였다. 오늘 외래 이후부터의 모든 대화가 다 낯설었고 이상했다. 애꿏은 약만 노려보는 수밖에 없었다.

고양감에 잔뜩 취해 만족하며 당당하던 나는 그 순간 어디에서 봐도 찾아볼 수 없었다. 사라져버린 것인지, 꼭꼭 숨어버린 것인지 알 수 없었다. 그저 집에 돌아와 참았던 눈물샘을 터트렸다. 포기와 무너지는 것을 몰랐던 난 그대로 무너져 내렸고, 그저 하염없이 우는 것 외에는 아무것도 못 했다. 매일 밤을 울다 지쳐 겨우 잠이 들고 아무렇지 않게 출근해 근무하며 웃으며 생활하고 다시 돌아와선 울기를 반복했다. 샤워부스에서 시원하게 내리고 있는 물줄기를 맞으며 저 흐르는 물처럼 내 모든 걱정과 근심을 다 씻겨 내줬으면 좋겠다고 바랐다. 내 스트레스가 수용성이기를. 간절히 바라며 눈물인지 물인지 알 수 없는 것들을 한 데 섞어 흘려보냈다. 그러다가는 고작 스물넷인 나에게 왜 이런 시련이 다가온 건지 믿어지지 않는다며 거부해보기도 했고 원망하기도 했다.

산부인과와 신경과의 다음 외래까지 나는 조금씩, 조금씩 피폐해져 가고 있었다. 전에는 숨을 제대로 쉬었는지 모를 정도로 일할 때 행복 감을 느꼈다면 이젠 그냥 가만히 있어도 숨을 제대로 쉬지 못한 채 하루를 보내는 기분이었다. 그렇지만 언제나 그렇듯 이중생활은 철저했다. 꼭 그런 내 모습은 피에로 같았다. 가면 속에서는 활짝 웃고 있으나 그 안에서는 속이 문드러지고 있는.

같은 공간이지만 다른 상황이 되니 긴장감에 입이 바짝바짝 마른 채 검진 결과를 기다렸다. "용종 사이즈가 더 커지셨네요." 절망스러웠다. 바로 나아지길 바란 내가 크나큰 욕심을 부린 것일까. 그렇다지만 젠장, 역시 신은 없는 것인가. 그저 계속 다른 약을 처방해주셨고 나는 알겠다며 복용하는 것 외에는 달라진 게 하나도 없었다. 이어서 가장 걱정 많았던 신경과의 외래였다. "뇌혈관 수축 증후군이 맞으시네요. 가정의학과에서 처방받은 약은 먹어보셨나요?" "…아니요. 그냥 두통은 조금은 잦아든 것도 같아서 평소 먹는 두통약으로 계속 먹었습니다." 혈압약은 곧 죽어도 먹기 싫다며 부린 나의 객기였다. 두통이 조금씩 줄어드는 것 같았고, 그래서 그런지 신경과에 가기 전까지 확실하지 않기 때문에 아니라고, 아닐 거로 생각해서 회피했다. "괜찮습니다. 우선 지금은 두통의 빈도나 자극의 크기보다는 수축한 뇌혈관을 펴는 것이 중요하기 때문에 혈관확장제를 처방해드리겠습니다. 두통의 여부와 상관없이 매일 꾸준히 드셔주세요."

매일 아침 눈을 뜨고 나서부터 눈을 감기 직전까지 약으로 시작해서 약으로 끝났다. 그 순간 어렸을 적 할머니가 매일 혈압약을 잔뜩 드시면서 싫어하시는 티를 무척 내셨는데 왜 그렇게나 할머니가 싫어하셨는지 단번에 느낄 수 있었다. 그저 물로 목 넘김만 하면 되는 것들이라지만 매일 매시간 하고 있기에는 사람이 할 짓이 아니라고 느꼈다. 너무너무 싫었으나 조금이라도 도움이 되기를 간절히 바라며, 이번에는 부디 나에게 효과가 있는 약이었기를 기대하며 겨우 한 모금, 한 모금 넘겼다. 출근길에 아침을 간단하게 싸서 회사에 도착하면 먹고 약을 먹었다. 그렇게 약을 먹기 위해서라도 밥을 조금씩 챙겨 먹기 시작했다.

내가 무슨 부귀영화를 누리기 위해 여기에 왔더라. 진짜 원하던 모습은 어떤 모습이었지, 원한다는 모습은 정확히 어떤 모습이었을까? 이런 모습? 이상향이라는 것, 더 큰 곳에 나가 더 나은 사람이 되자는 게 무엇이지, 그래서 진짜 원하는 것을 쟁취한 건 맞나? 문득 고개를 돌려 보인 너무나도 파란 하늘은 어쩐지 내 마음을 더욱더 시리게 만들었다. 거짓말 같이 그림 같은 구름이 내 요즘 현실이 거짓 같게 보이고 느끼게 했다.

한 달 뒤, 또 다음 외래를 위해 병원을 방문했다. "축하드려요. 용종 사이즈가 다시 조금 작아졌네요. 계속 이런 추이라면 약을 꾸준히 먹는 것만으로도 자연스레 용종이 탈락하기를 바랄 수 있을 것 같습니다. 우선 수술은 안 하셔도 될 것 같습니다." 이어서 신경과도 들렀다. "두통은 좀 어떠세요?" "아직 좀 남아있기는 해요. 그래도 극심한 고통을 느꼈던 때보다는 확실히 조금 덜해진 것 같기는 해요." "일단 다시 찍으신 CT 결과를 확인해보니 수축한 혈관이 다시 정상적으로 돌아오셨습니다. 가역적 뇌혈관 수축 증후군이시네요. 이 경우 재발하지 않으시니 걱정 안 하셔도 됩니다. 이번에는 두통을 조금 줄여보죠." 선생님의 말씀 한마디에 절망을 느꼈던 전과 달리 감격을 느낀 이번이었다. 결과를 받고 나온 날 내리쬐는 따사로운 태양 빛을 받으며 기분 좋게 이어폰을 꽂고 랜덤으로 노래를 재생했다. '힘 내!(Way To Go) - 소녀시대'와 '슈퍼스타 - 미도와 파라솔' 무작위로 나왔음에도 밝고 희망찬 멜로디를 연주하는 노래가 어쩐지 눈물이 나게 했다. 신을 믿지 않는 나조차도 마치 이 세상이 주저앉지 말고 털어내고 기운 차리라고 해주는 것처럼 느껴졌다.

뒤돌아보면 이직을 한 직후부터 힘들었던 것 같다. 일과 삶의 균형은 무너졌고, 잠은 매일 부족해서 주말에는 잠만 자기 바빴다. 칼퇴근은 꿈만 같았고, 퇴근길 통근 버스를 못 탄 지도 오래되었다. 유달리 힘든 날에는 집 근처를 정처 없이 배회하다가 사람이 없는 곳에서 혼자 눈물을 훔치기도 했다. 내가 이렇게까지 스트레스를 받을 수 있구나.를 느낀 순간이었다. 받은 스트레스를 계속 삭히고 또 삭히며 묵혀두어서 그런지 속병이 난 듯했다. 실제로 병도 났지만, 속병은 그대로 위를 뒤틀었다. 원래도 스트레스받으면 위가 바로 반응하기는 했지만 이렇게 자주 있지도 않았으며 가슴이 답답해 오지도 않았다. 오죽했으면 엄마가 계속 나를 보며 너는 집에서도 눈치 안 보는 애가 왜 그러냐… 너 강한 아인데 왜 그러냐… 그랬는데 확실히 몸이 약해지니 정신력도 약해져 쉽게 바스러지는 것 같았다. 상태가 온전하지 못하고 제대로 쉬지도 못하고 먹지도 못해서 그런지 내 몸을 컨트롤하기가 쉽지 않아 바람이 불면 부는 대로 흔들리고 또 부서졌다.

이번에 몸이 아프고 나서 건강이 얼마나 중요한지 새삼 다시 느낀 순간이었다. 하고 싶고, 가고 싶더라도 나를 잃지는 말아야 한다는 것을 깨달았다. 너무 강렬한 열망과 목표는 오히려 독이 될 수도 있겠다는 생각이 들었다. 왜냐면 그를 갖기 위해, 닿기 위해 미친 듯이 노력하고 또 앞으로 나아가는데 그 과정에서 옆은 보지 못한 채 그저 앞만 보고 달리기 때문이다. 너무 앞만 보고 달리는 삶은 결국 나를 놓치고 사라지게 만드는 것 같다고 생각했다.

이후 계속해서 정기검진을 다니며 확인을 한 결과 용종은 많이 작아져서 더 이상 약을 먹지 않아도 되었고, 검진 주기도 1년으로 늘어났다. 신경과 외래는 아직도 꾸준히 다니고 있지만 두통은 정말 많이 좋아졌다.

너무 욕심을 부리지 않겠다고 생각을 많이 하고 많이 내려놓자고 생각하며 살아가고 있다. 몸이 나아져서 그런지 무언지 직장 내에서 느낀 스트레스도 실제로 꽤 눈에 띄게 줄었고 최대한 즐겁게 계속 다니기 위해 부단히 노력하는 중이다. 나만의 방식을 찾고 있고.

나를 잃지 않는 삶. 파도에 이리저리 휩쓸려도, 강한 바람에 떠밀려 먼 곳으로 떠내려가도, 스스로 가고자 하는 방향을 따라 헤엄칠 수 있는 용기와 끈기를 가진 삶. 안전한 어항 속에 머무는 것에 만족하지 않고 과감히 더 큰 바다로 뛰어드는 삶. 그렇게 살고자 한다.

SNS를 하다가 마음에 들어 저장한 글귀다. 하고 싶은 것을 하기 위해 난 앞으로도 열심히 노력할 것이지만, 나를 지키며 나와 함께 나아가려고 한다. 이 질주는 혼자 마무리할 수 있는 것이 아니기 때문이다. 나를 더 사랑하고 단단해지면서 육체적으로, 정신적으로 건강을 지켜야만 완주할 수 있다. 그를 위해 앞으로 남은 날들을 열심히 보내고자 한다.

나의 건강한 완주를 위하여.

상현달

김상현

김상현 　 사람이 좋아서, 그 좋아하는 사람들의 마음이 조금은 편안해졌으면, 그들의 삶이 조금은 '괜찮아'졌으면 하는 마음에 13년째 마음 전문가 (임상심리사, 인지행동치료사, 범죄심리사)로 활동하고 있다. 네이버 지식인에서 '해말근 이쓴'이라는 이름으로 '정신의학', '심리학' 관련 질문에 일반인들도 최대한 이해하기 쉬운 답변을 달고 있다. 현재 지식in 등급이 [식물신]이며 곧 [바람신]으로 진급(?)할 예정이다.

자신을 위한 신뢰와 존중은 성공 경험이 축적될 때 생겨난다.

김수현, 『나는 나로 살기로 했다』, 클레이하우스, 2016

    나는 임상심리사[1]다. 임상병리사와는 엄연히 다르다. 오해 없으시길. 지금도 내 직업을 이야기하면 반 정도는 '임상병리사요?'라고 물어보며, 부모님 역시 내가 임상병리사가 아니라 임상심리사라는 것과 어떤 일을 하는지 정확하게 이해하는 데 3년이라는 시간이 걸렸다. 고등학교 때 「인간극장」이라는 TV 프로그램을 즐겨보았는데 소설 속에서나 있을 법한 상상의 이야기가 아닌 실제 우리 옆집에서 일어날 수도 있을 것 같은 현실감 넘치는 이야기에 더 몰입했던 것 같다. 그런 내게 심리학이 이야기의 주체인 인간의 마음을 연구한다는 점, 영화 속에서 주인공의 친구가 주인공에게 "야, 너 걔 좋아하네"라는 한마디

---

1 임상심리사는 정신장애를 갖고 있는 정신과 환자들에 대한 심리평가, 심리치료, 연구 등을 한다.

말로 주인공이 자신의 속마음을 깨닫고 고백하러 달려갈 수 있도록 하는 게임 체인저의 역할을 할 수도 있다는 점이 매력적이었다.

어디서 나온 근거 없는 자신감에선지 평균 80점을 넘어본 적이 없는 성적에도 장래 희망란에는 꿋꿋이 '선생님'을 적어냈으며 고슴도치 부모님도 그들의 아들이 '선생님'이 될 것이라고 믿어 의심치 않았다. '심리학', '상담', '심리치료'가 지금처럼 주목받지 않을 때인데다 부모님에게 착한 아들이었던 나는 부모님의 뜻을 굽히려는 시도조차 하지 않고 성적에 맞춰 지방에 있는 사립대학교 영문과에 입학했다. 그리고 3학년 겨울 방학 땐 학교 근처에 있는 그 지역에서는 나름 유명한 영어학원에서 넉 달간 강사로 일도 했다. 일찍이 '선생님'이라는 꿈을 이룬 셈이었다. 하지만 마치 평양냉면을 처음 먹었을 때의 심심함이 아침부터 저녁까지 함께했다. 개구리가 잠에서 깨어나기 전, 짙은 갈색의 단단한 땅에 새싹이 빼꼼히 고개를 내밀 듯 '심리학'에 대한 내 귀여운 욕망이 스멀스멀 올라왔다. 부모님과 밀당 끝에 '심리학과 대학원 입학'을 위한 1년의 유예 시간을 받았다.

'잘한 선택일까?' 하는 불안과 '부모님의 뜻대로 될 수는 없다'라는 오기로 1년을 보냈다. 지금처럼 심리학과 관련한 온라인 강좌가 없어서 3시간 강의를 듣기 위해 1년 동안 매주 청주에서 서울로 올라왔고, 학부 때는 안 보던 영어 원서도 찾아 읽었다(영문과 학장님이 친히 부르셔서 '집 안에 무슨 일이 있느냐'라며 휴학을 권하기도 했다). 그래도 불안은 사라지지 않았다. 어머니 손에 이끌려 난생처음으로 점집에도 가보았다. 나보다 열몇 살은 많아 보이는 박수무당이 노란색 굴착기 장난감을 앞뒤로 굴려대며 '형아야는 공부해야 할 팔자란다'라고 내 결정을 지지했고 의외로 거기에서 큰 위안을 받았다. 그렇게 부모, 친구가 아닌 점쟁이로부터 위로와 격려를 받고 1년 뒤에 장학금을 받으며 위풍당당하게 대학원에 진학했다. 10명의 동기 중에서 유일하게 심리학 비전공자였던 탓일까. 늘 그들보다 한 발 뒤처진 것처럼 느껴져서 더 많은 스터디를 다니고, 실습 역시 병원, 대안학교 등에서 동분서주하며 임했다.

  그러던 어느 날, 같은 연구실의 선배님이 '인지치료 스터디에 함께하지 않겠느냐'라고 권유하였고 여전히 공부에 배고팠던 나는 흔쾌히 응하였다. 그렇게 매주 선배가 운영하는 '상담센터'에서 스터디 모임을 했고 줄어든 책의 분량만큼 선생님들과의 거리는 가까워졌으며 그해 7월 선배의 권유로 심리치료사로서 첫 발걸음을 내디뎠다.

  '해피마인드 아동·가족 상담센터' 처음 지었을 땐 하얀색이었을 이제는 잿빛의 4층 건물 2층에 센터가 있다. 무거운 유리문을 밀고 들어가면 마치 유치원 교실처럼 바닥에는 하얀색, 노란색 퍼즐 매트가 깔려있었고 그 위로 노란색 앉은뱅이 테이블이 보였다. 앉은뱅이 테이블 너머에 안내 데스크가 정문과 마주 보고 있고 그 왼쪽에는 상담실 문 3개가 나란히 있었다. 안내 데스크 오른쪽으로는 잔디가 연상되는 짙은 초록색의 긴 벨벳 소파가 벽에 붙어 있었고 소파 끝부분 옆, 벽에는 열고 들어가면 이상한 나라의 앨리스를 만날 것 같은 놀이치료실의 하얀색 문이 있었다. 나는 제일 안쪽의 상담실을 주로 사용했는데 문을 열고 들어가면 큰 창문이 정면에 있어 상담이 없는 오후에 쏟아지는 햇빛을 받으며 끔뻑 졸기 딱 좋은 곳이었다. 큰 창문 앞에 네모난 테이블이 창문을 반으로 가르듯 놓여있었고 의자 두 개가 테이블을 가운데 두고 놓여있었다.

승환과 명구를 만난 건, 아직 상담실 안에 새 가구 냄새가 가득하고 창밖은 매미 소리와 풀 내음이 만연한 7월이었다. 창밖의 열기만큼이나 나 역시 열정, 자신감으로 가득 차 있었으며 뭐든 할 수 있을 것만 같은 더닝 크루거(Dunning-Kruger) 곡선의 우매함의 봉우리[2] 정상에 올랐을 때였다. 선배는, 아니 한때 선배였던 소장님은 이런 나의 열정에 부응이라도 하듯 바로 두 사례를 배정해주었고, 나는 기꺼이 맡겠노라고 했다.

---

2 더닝 크루거 효과(Dunning-Kruger effect)는 인지 편향의 하나로, 능력이 없는 사람이 잘못된 결정을 내려 잘못된 결론에 도달하지만, 능력이 없기 때문에 자신의 실수를 알아차리지 못하는 현상을 가리킨다. 그로 인해 능력이 없는 사람은 환영적(的) 우월감으로 자신의 실력을 실제보다 높게 평균 이상으로 평가하기도 한다.

승환이야기

승환의 첫인상은 도라에몽에 나온 퉁퉁이를 보는 듯했다. 어머니를 뒤따라 들어왔는데 어머니보다 체격이 두 배 가까이 커서 어머니 양 옆으로 살이 삐져나온 듯 승환의 몸이 보였다. 야자수가 그려진 반소매 셔츠와 카키색 면 반바지를 입었고 짧은 머리칼은 끝만 웨이브가 져 있어 약간은 이국적인 느낌이 났다. 한 손에 과자봉지를 꽉 잡아 들고 입 안에 무언가 꽉 들어찬 상태로 연신 오물거리며 뒤뚱거리듯 센터로 들어왔다. 나는 어머니에게 고개만 살짝 까딱이고 아이에게 먼저 다가가 인사를 건넸다.

"안녕, 네가 승환이구나?"

승환의 시선은 내 몸을 투시하기라도 하듯 나를 지나 멀리 있는 바닥 쪽을 응시하고 있었다. 어머니가 승환의 팔을 툭 하고 치고 말했다.

"선생님께 인사해야지. '안녕하세요' 하고."

그제야 시선은 고정한 채로 고개만 살짝 끄덕이고 높은 미성의 목소리로 인사를 했다.

"안녕하세요, 네?"

승환은 자폐스펙트럼장애[3]를 앓고 있다. 상담 초반 4~5회기[4]를 진행하는 동안 한 번도 내 눈을 바라보고 인사를 건넨 적이 없다. 내가 '승환이 안녕'하고 인사를 하면 처음 만났을 때처럼 허공이나 바닥을 바라보며 고개만 까닥이고 높은 음성으로 '안녕하세요'라고 말했다. 승환이는 상담 시작 전까지 소파에 앉아서 과자를 먹거나, 간혹 공중에 알 수 없는 글자를 쓰다가 글자를 지우는 의식인 듯 주먹을 쥐었다 폈다 반복하기도 했다. 내가 가까이 다가가거나 승환이로부터 조금 떨어져서 어머니와 이야기를 나눌 때도 곁눈질로라도 나를 의식한 적이 없었다. 승환이에게 나는 마치 투명 인간 같이 느껴졌다. 상담 시간이 되면 별다른 거부 없이 상담실에 들어와 앉았다. 승환이가 오기 전에는 늘 테이블 위에 하얀색 도화지, 24색 색연필을 올려놓았다. 승환이는 상담실에 들어와 자리에 앉자마자 고개를 푹 숙이고 하얀색 도화지에 색연필로 하늘색과 하얀색이 어우러진 비행기를 그리기 시작했다. 그림 그리기는 상담이 끝날 때까지 계속되며 그 외 별다른 대화는 오가지 않았다.

자폐 아동과 대화하는 것은 정말 어려웠다. 그나마 대기실에 있을 때는 내가 질문('오늘 어디에 있다가 왔는지', '뭐 타고 왔는지'와 같

---

3 사회적인 상호작용과 의사소통에 어려움을 보이며, 흥미나 활동에서 제한적이고 반복적인 특성이 초기 아동기부터 특징적으로 나타나는 장애이다.
4 상담자와 내담자가 함께 내담자의 변화를 위한 활동을 하는 최소 단위. 일반적으로 한 회기는 50분 내외로 정해지고 진행된다.

은 일상적인 질문들이다.)하면 무조건반사처럼 어머니가 승환의 팔을 살짝 쳤고 그럼 작동 버튼이 눌린 것처럼 승환이 입에서 한두 단어의 짧은 답변이 나왔다. 하지만 상담실에서조차 어머니가 그랬던 것처럼 질문을 하나 할 때마다 승환의 대답 버튼을 누를 수는 없기에 온전히 나 혼자 분투했다. 아버지가 항공 여객기 정비사여서인지 승환이는 매번 '비행기'만을 그렸고 비행기의 머리를 그릴 때부터 몸체 뒷부분에 태극무늬를 그릴 때까지 약 40여 분이 걸렸다. 나는 승환의 관심을 끌고 대화의 물꼬를 트기 위해 40분 내내 수십 가지 버전으로 승환의 '점심 메뉴'를 캐물었다.

"승환이 오늘 점심 뭐 먹었어?"

내 말에 승환은 아무런 대꾸도 하지 않았다. 뭘 먹었을까, 뭘 먹었지, 하고 재차 다독여 봤지만, 여전히 꿈쩍도 하지 않았다. 일부러 나를 무시하는 건 아닌가 하는 괜한 오기가 생겨서 어떻게든 승환의 관심을 끌어야겠다는 생각이 든 적이 있었다. 3회기 때 생각을 행동으로 옮겼다. 이제는 루틴인 점심 식사 메뉴 질문을 한 후에 내 오른손으로 승환의 왼손을 살짝 잡았다.

"하지 마세요, 네?"

승환은 이 한마디 말을 하고 내게 잡혀있던 손을 빼고는 그림을 계속 그렸다. 포기하고 책상 위에 흩뿌려진 색연필을 케이스에 정리하고 있는데 이를 본 승환이가 그림 그리는 것을 멈추고 내 손에 있던 색연필 꾸러미와 케이스를 가지고 가서 잘 꽂아 둔 색연필을 다 빼고는 다시 정리하는 모습이 관찰되었다. '혹시 색깔 위치를 다 기억하는 건가?' 하는 생각에 정리가 다 된 색연필을 다시 빼서 무작위로 집어넣자, 이번에도 승환이가 색연필을 다시 정리하였는데 좀 전에 정리한 것과 똑같이 배치하였다. 새로운 발견은 했지만, 여전히 답변은 듣지 못한 채 그렇게 매주 1회 40분씩 5주간의 시간이 하염없이 흘렀고, 그동안 아이는 여전히 비행기만 그리고 있었다.

6회기 상담이 끝나고 승환과 대기실로 나오는데 대기실에 달콤하고 고소한 냄새가 가득했다. 익숙한 분식의 냄새였다. 냄새의 근원지를 추적해보니 옆 상담실이었다. 센터에 들어올 때 한 손에 늘 과자를 비롯한 먹을 것을 들고 들어왔으며 센터 나가기 전에는 어머니와 무엇을 먹을지 이야기를 나눈 후에야 센터를 나서는, 음식에 진심인 승환이는 마치 자석에 이끌리듯 옆 상담실로 몸을 틀어 가고 있었다. 승환이 상담실 문고리에 손을 뻗었고, 나는 인생 최고의 속도를 내어 승환의 손과 문고리 사이 틈으로 내 몸을 집어넣었다. 그리고 승환의 양 손목을 잡았다. 승환이는 놀란 기색도 없이 한결같이 보이던 무표정한 얼굴로 말했다.

"놔 주세요. 네?"

어르고 달래며 나보다 큰 승환을 온몸으로 막아섰다. 뒤로 몇 발자국 밀려나긴 했지만, 다행히 더는 앞으로 나가지 못했고, 나는 승환을 상담실 문 맞은편에 있는 초록색 벨벳 소파에 앉혔다. 분한 듯 갑자기 자기 머리를 제 손바닥으로 때리기 시작했다. 그리고는 머리를 뒤로 젖혀 벽에 머리를 박았다. 승환이가 다칠 것을 염려해서 승환을 내 쪽으로 당겨 꼭 껴안았다. 자해를 못 하게 하려고, 아이가 진정될 수 있도록 아이 등 뒤에서 손깍지를 끼려 했지만 두 손이 맞닿지 않았다. 있는 힘을 다해 뒤로 몸을 젖혀 머리를 벽에 박으려 했다. 급한 대로 한 손으로 승환의 뒤통수를 감쌌다. 아이의 머리를 감싼 내 손 등이 벽에 부딪힐 때마다 통증이 밀려왔다. 그렇게 힘겨루기가 시작되었다. 10년 같은 10여 분의 실랑이 끝에 옷은 땀에 흠뻑 젖었고 기운이 다 빠진 아이는 어머니 손을 잡고 집으로 돌아갔다. 점심시간이 훌쩍 지나 터덜터덜 센터 근처 백반집으로 가서 밥을 먹으려는데 젓가락을 든 손이 파르르 떨렸다. 먹는 둥 마는 둥 밥을 먹고 센터로 돌아와 지난 회기 치료일지를 다시 훑어보았다. 치료 일지에는 승환의 점심 메뉴에 대한 끝없는 내 집착과 비행기에 대한 아이의 집착만이 가득했다. 불안이 엄습했다. '다음 주에 아이는 올까?'

다른 내담자들을 만나며 일주일이라는 시간은 금방 지나갔고 승환이 치료 전날이 되어서야 잊고 지냈던 불안이 다시금 고개를 들어 틈틈이 자기를 어필했다. 승환을 처음 만났을 때와는 다른 떨림으로 아이를 기다렸다. 승환이는 여느 때와 다름없이 한 손에는 과자를 들고 무표정한 얼굴로 센터에 들어섰다. 나 혼자 꿈을 꿨나 싶을 정도로 승환은 여느 때와 마찬가지로 다를 바가 없었다. 여전히 상담 시간 전까지 소파에 앉아 벽을 응시하며 과자를 먹고, 공중에 글씨를 썼다 지웠다 반복했다. 무슨 글자를, 어떤 단어를 썼을까. 상담 시간이 되었음을 알리자 역시나 평소와 똑같이 상담실에 들어와 자리에 앉아 색연필을 꺼내 들었다. 내 안에 요동치던 태풍과는 반대되게 승환의 마음 날씨는 평온했다.

안도감으로 6회기를 마치고 승환이가 떠난 자리에 무능감, 무력감이 매우 측은한 눈빛으로 안쓰럽게 나를 쳐다보고 있었다. 처음엔 이 정도면 되지 않을까 싶었다. '자폐'와 관련한 책을 여러 권 읽었고, 논문도 읽었더랬다. 증상에 대해 충분히 이해했고, 책과 논문을 근거로 한 치료계획도 세웠다. 하지만 나는 승환에 대해 이해하지 못했고, 내가 세운 계획도 적절히 사용하지 못했다. 자만했고, 오만했다. 견고할 줄 알았던 자만심의 탑이 모래성처럼 무너지자 좌절감, 자책감, 수치감이 몰려들었다. 승환의 이후 상담을, 아니 당장 다음 회기를 진행할 자신감이 거짓말처럼 하나도 남아 있지 않았다. 나 자신에게 화도 났지만, 이런 나를 만난 승환과 보호자에게 죄송함이 들어 볼 면목이 없었다. 소장님의 지지와 격려에도 이미 나는 집 깊숙이 들어간 소라게였고 결국 상담을 종결하고 다른 치료사에게 인계하기로 소장님과 논의하였다.

그리고 갑자기 맞이하게 된 종결 회기. 마지막 회기 때도 승환은 여전히 하얀 도화지에 비행기를 그렸다. 미안함과 멋쩍음 중간 정도의 표정을 지은 채로 질문 대신 인사말을 건넸다.

"승환아, 오늘이 선생님하고 보는 마지막 날이야. 선생님이 승환이 마음 이야기 들어주지 못해서 미안해"

예상대로 승환은 내 말에도 작은 반응조차 보이지 않고 평온하게 그림을 그렸다. 마지막이라고 생각해서인지, 답변을 기대하지 않고 있어서인지 평소보다 더 무덤덤하게 툭 던지듯 물었다.

"오늘은 승환이 뭐 먹었을까?"

툭 던진 질문에 되돌아올 답변은 없을 거라 나는 색연필이나 정리할 심산으로 색연필 케이스를 집어 들었다. 그때 낯익은 반가운 그리고 7번의 만남 동안 떠난 님 기다리듯 애타게 기다렸던 말소리를 들었다.

"자장면"

누가 내 가슴 안에서 방방 뛰고 있는 것처럼 가슴이 쿵쾅쿵쾅했다. 병에 걸린 주인공의 영상 편지라도 본 것처럼 눈물이 울컥했고, 왈칵 쏟아질 것만 같았다. 맞은 편의 승환은 여전히 평온하게 그림을 그리고 있었다. 하지만 그때 내겐 승환이가 너무나 사랑스럽게 보였다. 동시에 다시금 내 안에 작은 열정의 불꽃이 피어올랐다. 승환이 어머니, 소장님께 조금 더 해보겠노라 말씀을 드렸고, 두 분 다 흔쾌히 받아들여 주셨다. 다시 책과 논문을 꺼내 읽었다. 하지만 전처럼 '자폐 스펙트럼 장애' 챕터 안에서 증상, 기법들에만 몰두하지 않고 온전히 승환에게 집중하여 승환을 이해하고, 승환에게 적합한 기법들을 위주로 탐색하였다. '점심 질문' 지옥에서 빠져나와 승환의 관심사인 '비행기'에 관한 질문부터 시작하여 '버스', '택시' 등 주제를 좀 더 확장 시켰으며, 방법 역시 그림에서 벗어나 퍼즐, 놀잇감, 보드게임 등 다른 방법을 활용할 수 있도록 했다.

승환의 변화는 가히 놀라웠다. 여전히 비행기 그림 그리는 것을 좋아했지만 나의 질문에 짧게 답변할 수 있었고, 그림 외의 만들기, 놀잇감, 보드게임 등으로 활동을 바꾸는 데에도 큰 거부감이 없었다. 6개월 정도가 지났을 때는 '할리갈리' 게임도 느린 속도지만 함께 할 수 있었다. 3년 후, 센터를 그만두면서 상담이 종결되었는데 수개월이 지난 뒤 당시 수련 중이었던 병원에서 우연히 승환을 다시 만났다. 교복을 입은 것 외에는 모든 것이 똑같았다. 끝만 웨이브 있는 짧은 머리칼, 한 곳을 응시하는 듯한 눈빛, 덩치 있는 체격 그리고 여전히 한 손에 쥐어 들고 있는 과자봉지까지. 어머니가 나를 먼저 알아봐 주시고 나를 가리키며 승환에게 저 사람이 누구냐고 물었다. 그러자 역시나

낯익은 높은 미성의 목소리로 답했다.

"김상현 선생님"

승환이는 나에게 상담자로서 갖춰야 할 덕목(겸손, 진심 등)과 내 중심이 아닌 내담자 중심으로 이해하고 공감할 수 있도록 경각심을 일깨워주었다. 특히, 몇 년에 한 번씩 연례 행사처럼 매너리즘이 찾아올 때면 내가 열정과 진심이 가득 찼던 그때의 나로 돌아갈 수 있도록 하는 버튼이기도 하다.

명구이야기

명구는 내담자의 빠른 행동 변화를 기대하는 초심 상담자의 조급함에 여유와 유머(humor)로 브레이크를 걸어준, 천천히 가도 괜찮다고 내 맘을 들여다볼 수 있게 해준 내담자였다. 명구는 고등학교 3학년으로 지적장애가 있었으며 바우처[5]로 이전부터 우리 센터에서 상담을 받고 있었다. 고령의 할머니와 단둘이 살고 있어서 센터에는 늘 혼자 왔다. 키가 180cm로 커서 명구를 올려 보느라 대기실에서 이야기 나누거나 센터 밖에서 만나서 함께 들어오면 내 목이 뻐근하고 아팠다.

---

5 만 18세 미만 장애아동에 언어치료, 미술·음악·행동·놀이 등 심리치료, 감각·운동 등 발달 재활 서비스를 지원해주는 발달장애인지원사업의 일환

하교 후에 센터에 오느라 늘 교복을 입고 센터에 내소 하였는데 하얀 교복 셔츠에는 음식물로 보이는 얼룩이 군데군데 묻어 있었고, 길게 자란 손톱에는 때가 끼어 있었다. 특히, 가까이 가면 시골 할머니 댁에 청국장을 띄어 놓아 냄새가 베일대로 베인 방 안의 냄새가 났다(한여름에도 귀찮다며 일주일에 한 번 정도 샤워를 한다고 했지만, 믿을 수 없다). 한 번은 명구가 집에 돌아간 뒤에 센터 행정 일을 도와주시는 50대의 여자 직원분이 내게 오묘한 표정으로 다가와 말했다.

"쟤만 왔다 가면 이상하게 상담실에서 냄새가 그렇게 나요."

상구가 할머니와 살고 있고, 아직 몸을 깨끗하게 씻는 데 능숙하지 않다고 말하였더니, 행정 직원이 고개를 저으며 단호하게 말했다.

"에이, 그건 사람한테 나는 냄새가 아니에요."

다음 주에 명구가 와서 상담실에 들어와 앉았는데 행정 직원이 한 손에 걸레를 들고 들어왔다. 전 시간에 상담했던 내담자가 바닥에 뭘 흘렸다며 쪼그려 앉아 바닥을 닦으며 명구 쪽으로 포복하듯 전진해 왔다. 그러다 30cm 정도 거리가 되었을 때 무언가에 흠칫 놀란 듯 벌떡 일어났다.

"어머 얘, 이게 무슨 냄새야!"

그리고는 나나 명구에게 묻지도 않고 명구를 화장실로 데려가 발을 닦는 모습을 뒤에서 팔짱 끼고 감시하듯 지켜보았다. 상담자로서 말릴까도 생각했지만, 너무 빠르게 일어난 일이었고, 사실 명구와 상담을 할 때 냄새를 참아내기가 힘들기도 했었기에 크게 만류하진 않았다. 창피한 마음에 다음에 상담에 오지 않을까 염려했지만, 명구는 다음 주에 시간 맞춰 센터에 왔으며 행정 직원에게 큰 소리로 먼저 인사도 하였다. 그리고 무엇보다 그 사건(?) 이후로 명구가 센터에 올 때 전보다 몸에서 나는 악취가 많이 줄었다.

명구는 거짓말도 곧잘 했다. 주말에 뭐 했냐는 질문에 없는 여자친구와 데이트를 했다고 하거나 이미 수개월 전에 극장에서 상영이 끝난 영화를 혼자 보고 왔다거나 하는 등 누가 봐도 거짓말인 거짓말을 아무렇지 않게 했다. 하루는 예약된 시각에 오지 않아서 전화해서 어디냐 물었더니,

"저 지금 친구가 저를 때려서 뼈 부러져서 경찰서에 와 있어요. 오늘 상담 못 가요."

진한 거짓말의 냄새가 풍겨왔다.

"이런, 명구 많이 다쳤어? 그럼 지금 경찰관 좀 바꿔줄 수 있니?"
"네, 알겠어요."

답변과 달리 바로 전화는 끊어졌고, 명구는 내 전화를 받지 않았다. 그리고 다음 주에 아무렇지 않게 다음 주에 센터에 내소하였다. 명구는 당당했고, 그런 당당함이 나는 늘 좋았다. 명구가 성인이 되면서 예정된 상담 회기 수를 모두 채웠다. 나는 내 첫 사례이기도 했고, 조금이나마 도움을 더 주고 싶은 마음에 재능 기부를 해야겠다는 다짐을 했다.

"명구야. 명구가 괜찮다면, 졸업 이후에도 지금처럼 일주일에 한 번씩 선생님을 만났으면 하는데 어때?"

고심 끝에 힘겹게 말을 꺼냈다. 답변은 바로 들려왔다.

"아니, 괜찮아요."

까였다. 내 첫 호의가, 첫 재능기부가. 그렇게 상담은 종결되었다.

6개월 뒤에 명구는 하얀색 셔츠, 검은색 베스트, 검은색 정장 바지를 입고 한 손에는 검은색 비닐봉지를 들고 갑자기 센터에 내소했다. 비닐봉지 안에는 1.5 리터 사이다 한 병이 들어있었다.

"저 취직했어요. 이거 제가 산 거예요."

그러더니 회사 보안 요원으로 취직을 했다며 갑자기 왼쪽 조끼 상단을 살짝 들어서 내게 그 안에 가스총을 보여주며 미소를 지어보였다. '초...총을 갖고 나와도 괜찮은 건가?' 하는 염려가 잠시 일긴 했지만, 사회 구성원의 일원으로써 당당히 제 역할을 하는 명구가 새삼 자랑스러웠고, 나의 호의는 내 괜한 염려에서 나온 것일 수 있었겠다고 생각했다.

약 3년간 해피마인드에서 수많은 승환이와 명구를 만났다. 나는 직사각형의 내 공간에 들어온 그들의 마음 깊은 곳으로 들어가 함께 아파하고, 함께 슬퍼하고, 함께 분노했으며, 함께 성장했다.

벌써 13년이라는 세월이 흘렀다. 숙성이 아닌 성숙해지기를 바라며 노력하고 있으며, 내 작은 존재가 누군가의 삶에 영향을 미칠 수 있다는 데 책임감과 자부심을 느끼고 내담자를 만나고 있다. 요새는 상담 외에도 정신건강과 관련한 교육을 많이 하는 데 그중 부모교육을 할 때 '배우자', '아버지', '아들' 등 역할의 무게를 내려놓고 온전히 사람 대 사람으로서 함께 하기 위해 서로 애칭을 정하는 것부터 교육을 시작한다. 나는 '상현달'이다. 음력 8일경에 뜨는 오른쪽이 둥근 반달을 상현달이라 부른다. 달은 해처럼 강렬하지는 않지만 그래서 해처럼 눈을 찡그리고 두 손으로 그늘을 만들어 보지 않아도 되며, 은은하지만 해 못지않은 밝음으로 밤길을 밝혀준다. 밤하늘의 달처럼 내담자를 비롯하여 나를 아는, 내가 아는 모든 사람의 힘든 마음을 포근히 감싸주고, 어두운 마음은 은은하게 밝혀주고 싶다.

세 번의 서울여행

보리수

보리수   일상에서 흔히 겪을 수 있는 일들을 소재로 다양한 감정과 심리를 표현
하고 비슷한 시대를 살아가는 독자에게 공감과 위로의 메시지를 던집
니다.

블로그: https://blog.naver.com/coco1991jy

모든 사람은 자신이 겪은 만큼 공감하고 위로한다.

"안된다고 생각하니까 안 되는 거에요. 된다고 생각하면 됩니다!"

매일 저녁 보던 수많은 자기 계발 서적과 스타강사들의 이야기도 다 들리지 않았다. 오히려 성공에 대한 이야기는 내 마음을 더 공허하게 만들었다. 가끔 보는 인스타나 페북의 명언들이 나를 위로하고 있었다.

'늦었다고 생각할 때는 늦었다.', '티끌 모아 티끌', '고생 끝에 골병.'

오늘도 불 꺼진 방, 창문 위로 들어오는 가로등 불빛 아래 조용히 침대에 누웠다. 이어폰을 꽂고 멍하게 바닥을 바라봤다. 매일 같은 적적함이지만 오늘은 조금 다르다.

"미안해... 은주씨...내가 괜히."

과장님이 하신 말씀이 귓가에 맴돈다.

더 이상 생각하고 싶지 않아 눈을 감으면 심장은 빠르게 뛰고 알 수 없는 불안감이 들었다. 눈을 감을 수도 뜰 수도 없는 밤이 지났다.

여행의 시작 : 가장 따뜻했던 겨울

새벽부터 들뜬 마음으로 첫 차 시간을 기다렸다. 가장 좋아하는 옷 몇 가지와 양말, 속옷, 세면도구 그리고 다이어리까지 빠짐없이 챙겨 넣었다. 그래도 불안해서 혹시 빠뜨린 건 없는지 몇 번이나 다시 봤다. 다시 보고 또다시 봐도 아직 새벽 3:30. 첫 차 시간까지는 아직도 3시간이나 남았다. 괜히 입을 옷을 다시 확인했다.

'외투를 하나 더 입을까...? 흠... 이미 다 짐을 싸두었는데...'

옷을 하나 더 꺼낼까 말까 하는 사이 잠도 올까 말까 하고 있었다. 혹시나 첫차를 놓칠까 한숨도 자지 못했던 탓에 이내 잠이 들 것 같아 서둘러 씻기 시작했다. 꼼꼼히 머리도 말리고 화장도 하고 준비하는 내내 혹시나 놓칠까 시간도 계속 확인했다. 넉넉하게 준비했지만 아직도 한 시간이 남았다. 문득 10분이면 도착하는 터미널을 '가는 길에 택시가 멈출 수 있지 않을까?', '택시가 안 잡힐 수도 있고 그것도 아니면 도착해서 지갑을 안 가져왔다거나 하는 그런 예상하지 못한 일들이 있을 수도 있지 않을까?' 그냥 한 시간 일찍 나서도 될 것 같다 생각이 들었다.

엄마와 아빠는 아직 자고 있다. 일어나면 왜 벌써 나가냐고 핀잔을 들을 것 같아 몰래 조용히 집에서 나왔다. 콜택시는 5분도 채 되지 않아 도착했다. 새벽이라 차도 없어서 그런지 터미널에도 평소보다 일찍 도착했다. 한 시간을 일찍 와버렸더니 무엇을 해야 할지 몰라 터미널을 어슬렁거렸다. 해가 아직 뜨지 않은 터미널 대합실은 아침보다는 밤 같았다. 대합실 중간에 있는 난로 주변으로 사람들이 모여있었다. 하지만 어젯밤 아빠가 터미널엔 쓰리꾼(소매치기)이 많다며 겁을 잔뜩 줬기 때문에 그 난로 근처로 들어갈 자신은 없었다. 오른쪽 주머니에 넣은 지갑을 손으로 꼭 잡은 채 승강장 앞에 의자에 앉았다. 잔뜩 긴장한 채로 서울행 버스가 오기만을 뚫어져라 보고 있었다. 12월의 찬 바람이 왼쪽 볼에 하나, 오른쪽 볼에 하나, 코 끝에 도 하나. 빨간 발자국을 만들고 있을 때 저 멀리서 동서울이라는 글씨가 붙은 버스가 보였다. 들어오는 버스를 보며 다시 마음이 요동치기 시작했다.

기사 아저씨가 열어 주신 짐칸에 짐을 넣고 맨 뒷좌석 창가자리에 자리를 잡았다. 화요일 새벽 첫차라 그런지 차에 오른 사람들은 6명 정도 밖에 없었다. 버스에 타고 나니 마음이 놓였다. 버스가 출발하고 곧 창밖으로 아직 어두운 동해의 바다가 보였다. 마음 속으로 조용히 인사하고 이어폰을 꽂았다. 발아래에서 나오는 따뜻한 히터바람 때문인지 귓가에 흘러나오는 노랫소리가 점점 희미해졌다. '아빠가 쓰리꾼 조심하라고 했는데...' 긴 밤을 기다린 탓에 그대로 잠이 들었다.

"학생! 학생 일어나 !"

"네?!"

깜짝 놀라 일어났다. 아무도 없는 버스 안, 창밖으로 보이는 일렬로 세워진 버스들. 여기가 서울이라는 것을 단박에 알 수 있었다.

"감사합니다!"

황급히 아저씨께 인사하고 버스에서 후다닥 내렸다. 부재중 전화 5통. 언니에게 온 전화를 받지 못 했다. 다급히 언니에게 전화를 걸었다.

"야 이 지지배야! 왜 이렇게 전화를 안 받아 ! 걱정했잖아! "

수화기 넘어로 언니의 타박이 들렸다. 언니에게 위치를 설명해주고 급하게 내리느라 뭐 놔두고 오지는 않았을까 잠시 짐을 확인하다보니 저 멀리 언니가 보였다.

" 언니~!!! "

"잘 찾아왔네~ 별 일 없으니까 됐어 ~"

날 향해 웃으며 말하는 언니의 모습에 안정감을 느꼈다.

어릴 적부터 가부장적이고 부유하지 못한 집안에서 산다는 것은 무시와 눈칫밥의 연속이었다. 욕심 많고 뭐든 잘 해내고 싶어 했던 어린 시절의 나는 언제부턴가 억울하고 삐뚤어진 아이가 됐다. 부모님께도 선생님께도 아이들 속에서도 곱지 않은 아이. 쎈 척 하는 아이. 어딘가 다른 세상에 있는 아이. 그런 나에게 언니는 유일한 어른이었다. 나에게 사랑을 알려주고 믿음을 알려주고 잘못을 알려주는 유일한 어른. 춥고 시린 내 인생에 언니는 가끔 비추는 햇살 같았다. 어린 막내동생을 따뜻하게 감싸주는 유일한 사람.

그런 언니를 따라 빼곡한 집들 사이를 걸어 언니의 신혼집으로 향했다. 형부와 언니가 예쁘게 꾸며놓은 공간. 언니 집은 따뜻한 언니처럼 작지만 깨끗하고 아늑했다. 언니는 다시 출근을 하고 나는 짐을 풀었다. 짐을 풀고 나니 밖이 궁금해져 슈퍼라도 다녀올 생각으로 집을 나섰다. 아까 언니와 걸어 온 기억을 되짚으며 큰 길이 보이는 쪽으로 걸어갔다. 지나는 길에 편의점 5~6개를 지나쳤지만 그냥 조금 더 걸고 싶었다. 비좁은 골목에 빼곡하게 들어선 상가들이 재미있어 한참을 걸었다. 저 멀리 길 끝에 아주 큰 도로가 보였다. 그 도로를 향해 걸어갔다. 도로에 도착했을 때 '합정역 10번'이라는 팻말이 보였다. 나는 그 앞에 멈춰섰다. 그 역을 분주하게 다니는 사람들이 눈에 띄었다. 긴 코트를 펄럭이며 지나가는 여자, 빨간 머리의 남자, 영어로 대화하며 지나가는 서양인 남자와 동양인 여자, 백팩을 메고 한 손에는 책을 안고 걸어가는 여학생도 있었다. 지하철 매직이라도 부린 듯. 각자의 삶을 살아가는 모습이 하나 같이 멋있어 보였다. '여기가 서울이구나... 멋있다.' 한참을 서 있다보니 언니에게 문자가 왔다.

'준비하고 있으면 맛있는 거 먹으러 가자~'

언니 문자에 정신이 들어 집으로 걸음을 재촉했다. 집에 도착하자마자 가장 아껴두었던 체크무늬 치마에 난방을 입었다. 아까 지하철에서 본 사람들처럼 긴 코트를 입고 싶었지만 검정색 허리까지 오는 마이를 하나 입었다. 이게 제일 깔끔해 보이면서도 아까 그 사람들처럼 나도 내 일을 마치고 퇴근하는 커리어우먼 같아 보일 것 같았다. 막 준비를 마치고 나니 형부가 들어오는 소리가 들렸다.

"형부~!"

형부는 내가 본 사람 중 가장 멋있고 젠틀한 남자였다. 무뚝뚝하고 투박한 우리 집에서 형부는 누가 봐도 편안한 인상을 주는 사람이었다. 형부는 반갑게 웃으며 나를 맞아해 주셨다.

"처제! 잘 올라왔어? 올라오느라 힘들었지?"

짧은 한 마디 였지만 이렇게 기분 좋게 인사할 줄 아는 사람이 우리

가족이라는게 너무 좋았다. 언니도 금방 따라 들어왔다.

"준비 다 했어? 바로 갈까?"

형부의 물음에 대답한 건 내가 아니라 언니의 질문이었다.

"너 그렇게 갈꺼야?"

놀란 토끼 눈의 언니 모습에 아무말도 하지 못하고 있었다. 롱코트가 없어 입은 검정색 얇은 가을 마이가 언니 눈을 토끼로 만든 것 같다. 언니가 방으로 들어가 따듯해 보이는 롱패딩 하나를 꺼냈다.

"안돼. 이거 입어. 밖에 추워~"

"이거 따듯한데..."

소심하게 내 마음을 비쳐보았지만 내 마음을 아는지 모르는지 언니의 성화에 결국 패딩하나를 입고 입을 삐죽이며 밖으로 나왔다.

형부가 운전하는 차를 타고 골목을 벗어나자마자 다리 하나가 보였다. 큰 다리에 수 많은 조명들, 다리를 빽빽하게 채운 자동차 불빛들이 우리를 비추고 있었다. 정신없이 주위를 둘러보는데 다리 아래로 강이 보였다. 색색의 조명들이 강을 비추고 있었다. 핀 조명 여러개가 '여기가 서울이야'라고 말하는 것 같았다. 잠시나마 서울에서 일을 마치고 퇴근하는 느낌의 나를 상상해보았다. 살짝 내린 창문 틈으로 들어오는 서울의 밤공기가 자꾸 나를 설레게 했다.

형부의 차를 타고 20분 정도 달려 도착한 곳은 영등포의 한 씨푸드 뷔페였다. 층이 몇 개 인지 셀 수도 없는 큰 건물의 1층에 위치한 뷔페였다. 나의 3배만한 큰 자동문을 열고 들어갔다. 유니폼을 입은 마르고 예쁜 서울언니가 우리를 안내했다. 언니와 형부는 익숙해 보였지만 나는 드라마에서나 보던 광경이라 눈을 뗄 수 없었다.

맨들맨들한 하얀색 테이블과 금색의자. 가지런히 정리된 수저, 예쁘고 친절한 종업원 언니오빠들, 운동장만한 크기의 매장 한쪽에는 하나씩만 담아도 5섯 접시는 족히 나올 것 같은 수십여 가지의 음식들이 있었다. 무엇보다 맛있는 걸 눈치보지 않고 먹어도 된다는 게 너무 기뻤다. 마치 누군가에게 복수라도 하듯 음식들을 입속에 우겨 넣었다.

"천천히 먹어~"

언니의 걱정스러운 목소리가 들렸지만 뇌가 배부름을 인식하기도 전에 나는 그 곳의 음식을 다 먹어 치우고 있었다. 옆 테이블에서는 연인들이 나누는 이야기가 들렸고 오른쪽 옆 테이블에서는 가족끼리 식사를 하는 소리와 함께 아이들이 장난치는 소리도 들렸다. 소란스런 소리가 시끌시끌 들리긴 했지만 오히려 그 소리가 자유롭게 느껴졌다.

여기서는 더 이상 가시 돋힌 퉁명스런 말투들, 할아버지의 잔소리, 엄마의 푸념과 한숨, 아빠의 눈치는 보지 않아도 됐다. 그저 나를 걱정해주는 언니와 친절한 형부와 함께 맛있는 밥을 먹으면 됐다. 숨통이 트이는 기분이 들었다.

나는 그 해 가장 따뜻한 겨울을 나고 있었다.

두 번째 여행 : 그 해 봄은 유난히 변덕스러웠다.

　평일엔 학교를 다니며 편의점 아르바이트를 하고 주말엔 백화점 아르바이트를 하며 어느새 2년이라는 시간이 흘렀다. 전문대에 다니던 나는 겨울 방학부터 면접준비를 했고 졸업을 하기전 다행히 한 회사에 취업도 했다.

　언니와 형부는 여전히 나와 함께 살기를 원했지만 계속 얹혀사는 것은 아닌 것 같아 취업과 동시에 회사 근처 작은 원룸을 구했다. 옵션은 하나도 없었지만 월 30만원이면 따듯하게 지낼 수 있는 방이었다.

　회사에서 한 달에 받는 월급은 120만원이었다. 월세를 내고 교통비, 식비, 공과금을 내면 40만원 정도가 남았다. 학자금 대출 10만원 정도를 내고 나면 30만원 정도. 한달에 많지는 않아도 30만원은 모을 수 있을 것 같아 기쁜 마음으로 은행에서 30만원 짜리 적금통장을 만들었다. 내 이름으로 된 적금 통장. 가장 뿌듯하고 행복한 순간이었다. 적금통장을 만들고 나니 라면 한 봉지를 받았다. 한 손에는 라면 한 봉지를 들고 집 앞 시장에 들려 내가 제일 좋아하는 떡볶이도 하나 사 들고 걸어갔다.

　처음 하는 사회생활은 생각보다 재밌었다. 매일 혼나기는 했지만 가끔 받는 칭찬도 기분이 좋았고 방학 때 운전면허를 미리 따둔 탓에 회사 차를 운전하기도 했었다. 무엇보다 매일 아침 지하철을 타고 출근하는 내 모습이 뿌듯했다. 서울을 처음 왔을 때 봤던 '합정역 10번 출구'의 사람들처럼 나도 멋있어 보였다.

그렇게 사회생활을 시작하고 딱 1년. 잊고 지냈던 엄마가 찾아왔다.

그동안 애써 외면한 존재. 더 이상 엄마, 아빠의 이야기는 보지도 듣지도 않고 사는 게 가장 안정적으로 내 삶을 사는 방법이라고 생각했는데 연락도 없던 엄마가 내 앞 나타났다. 엄마의 왼손에 든 짐 가방을 보고 나는 엄마가 집을 나왔다는 것을 말하지 않아도 짐작할 수 있었다. 그렇게 내가 열심히 꾸며놓은 나의 공간에 엄마가 들어왔다. 그 공간에서 엄마는 다시 한참을 푸념을 늘어 놓다가 다시 또 서러움에 울기 시작했다. 나는 또 다시 아무것도 할 수 없는 그 때의 나의 모습으로 앉아 있었다. 한참만에 용기를 내 엄마에게 이혼하라고 했다. 제발 그냥 이혼하라고... 돌아오는 대답은 나를 숨 막히게 했다. 나 때문에 이혼하지 못했다는 그 소리를 또 들어야 했다. 나 때문이 아니라고 있는 힘껏 소리라도 지르고 싶었지만 참을 수 밖에 없었다. 내가 아니면 엄마는 갈 곳이 없으니까... 나는 그냥 엄마의 인생을 망친 아이로 다시 엄마 앞에 앉아 있을 수 밖에 없었다.

어제까지는 꿈과 희망으로 가득했던 내 공간이 다시 죄책감과 무기력함으로 물들고 있었다.

"은주야 내일 엄마는 일본을 갈거야~ 거기 친구가 있는데, 거기서 한 2주 쉬다가 올거야. 혹시 아빠가 찾아올까봐 엄마가 먼저 말해주러 왔어. 그러니까 아빠가 오더라도 너는 그냥 모른다고 해. 엄마 핸드폰도 끄고 아무 연락도 안 받을 거니까. 그냥 모르는 척 해."

머릿속이 아찔했지만 애써 태연한 척. 믿고 다녀와도 되는 것인지 물었다. 10년만에 연락이 닿은 친구인데 정말 다녀와도 괜찮은 건지 걱정이 됐다. 그리고 사실은 다시는 오지 않을까봐 불안해졌다.

엄마는 예정대로 떠났고 몇칠 뒤 아빠가 찾아왔다. 집 앞에서 언니와 함께 나를 기다리던 아빠는 나를 보자 온화한 미소로 반갑게 인사했다. 그 모습에 나는 이성의 끈을 놔 버렸다. 이제까지 자라며 아빠에게 들었던 모든 욕을 다 쏟아부었다. 지나가던 사람들이 모두 나를 이상하게 쳐다봤고 손 가락질 했다. 하지만 그런 건 신경 쓸 필요가 없었다. 여기 있는 사람들은 회수권 때문에 화내는 아빠를 만나 한 시간 반이 되는 거리를 걸어 본 적이 없을 테니까. 밥을 먹으면서도 맛있는 반찬에 손이라도 대면 혼이 날까 흰 밥만을 먹어야 했던 마음을 알 수 없을 테니까. 이유를 알 수 없는 기침이 한 달째 계속돼 고생할 때도 기침소리가 시끄럽다고 입에 담지 못할 욕을 하는 아빠를 만나 본 적 없을 테니까. 매일 밤 엄마 아빠의 싸우는 소리에 숨 죽여 울어 본 적도, 겨우 피해 도망 나온 이 집에서도 나는 완전히 자유로워질 수 없다는 느낌을 가져 본 적 없을 테니까.

그날 집 앞 길거리에서 나는 몸을 바들바들 떨며 소리쳤다. 언니가 아빠에게 화내지 말라며 나를 말렸지만 나는 내 할 말만 쏟아 붓고 도망치듯 집으로 돌아왔다. 현관문에는 아빠가 두고 간 바나나가 걸려 있었다.

'이깟 바나나... 싸구려 바나나 따위.'

신경질적으로 바나나를 던져버렸다. 문을 걸어 잠그고 억울함인지 답답함인지 모를 감정에 계속 흐르는 눈물은 이 곳을 아니 세상을 떠나야만 벗어날 수 있을까 싶은 생각까지 들게 했다.

밤새 팅팅 부은 눈을 회사를 갔다. 다들 라면 먹고 잤냐며 던지는 농담에 아무렇지 않은 척

"우유까지 먹고 잤는데도 부어버렸어요~ 진짜 야식 먹지 말아야지..." 너스레를 떨었다.

부은 눈을 가라앉히며 업무 시작할 준비를 하는데 처음 보는 남자가 들어왔다. 그 남자를 사장님은 자연스럽게 소개했다.

"어, 우리랑 이제 같이 일할 친구에요~ 우리랑 같이 일하는 공장 사장님 아들인데, 업무도 배울 겸 같이 일하면 좋을 것 같아서 내가 같이 일하자고 했어~ 직함은 대리고 일이 처음이라 잘 모를테니까 같이 도우면서 일해요~"

다섯명 밖에 없는 회사에도 낙하산이라니... 복잡한 기분으로 남자를 쳐다보다 거래처 문자에 정신이 들어 서둘러 외근을 나갔다. 내 마음을 아는지 모르는지 하루는 똑같이 흘러갔다. 정신없이 하루를 마치고 집에 돌아오는 길에 집 앞 마트에서 파는 바나나가 보였다. 어제 아빠가 여기서 바나나를 샀겠지...? 마음이 복잡했다. 아빠는 내가 바나나를 좋아할거라고 생각하고 산걸까? 아님 아빠가 좋아하니까 산걸까? 오늘 본 그 낙하산은 부모님과 사이가 좋을까? 아빠가 사장님이라 좋을까? 행복하게 컸을까? 한번 시작된 생각은 꼬리의 꼬리를 물어 나를 놔주지 않았다. 자꾸 무거워지는 머릿속 생각은 조금씩 둔해져 갔다. 이내 한 곳에 고여 썩어가는 물처럼 내 생각도 한 곳에 고여 불행 속에 나를 밀어 넣고 있었다.

그 일이 있고 아빠는 나를 다시 찾아오지 않았다. 엄마는 일본에서 돌아왔고 언니네 집에서 아빠와 만나 이야기를 나눈 후 아빠의 사과에 또 다시 집으로 들어갔다.

엄마는 돌아갔지만 나는 정상 생활이 어려워졌다. 어제 까지만 해도 행복했던 출퇴근 길도 하나도 행복하지 않았다. 그냥 잠시 꿈을 꾼 것 같았다.

엄마, 아빠의 부부싸움을 수도 없이 봐왔던 나는 엄마가 돌아간 그 날부터 부부싸움하다 무슨일이 생기는 것은 아닐까 자다가도 문득문득 놀라 일어났고 악몽에 시달렸다. 눈물로 밤을 지새우다 회사에 늦는 일이 잦아졌다. 그리고 돈을 많이 벌어 이 관계를 끝내고 싶다는 생각을 했다. 다시 채용사이트를 찾기 시작했다. 돈 많이 주는 회사. 단 10만원이라도 더 주는 곳을 찾아야했다. 몇칠 뒤 어느 회사에서 연락이 왔다.

한달에 180. 더 잘하면 인센티브도 받을 수 있다고 했다. 이제 나도 조금의 여유가 생길까? 면접을 보러갔다. 자동차 수출을 하는 회사인데 신차를 뽑아 수출을 한다고 했다. 나는 인사팀으로 아르바이트 채용공고만 내면 된다고 했다. 다만 신차를 뽑아 수출해야 하는데 신차는 한 사람이 뽑을 수 있는 대수가 정해져 있어 개인의 명의를 빌려 뽑아야 했고 그러면 거금이 오고 가기 때문에 회사에서도 나에게 함부로 돈을 줄 수 없으니 보증금으로 1,000만원을 달라고 했다. 돈이 없다고 했더니 대출을 받을 수 있도록 도와주겠다고 했다.

"신차가격이 3~4,000정도 드는데 1,000만원은 있어야죠~ 그리고 퇴사할 때 다 주는데 뭘 걱정해요~ 이자도 월급이랑 같이 다달이 넣어줘요. "

내가 잠시 머뭇거리자 덩치가 큰 그 남자는 걱정 말라며 전화번호를 하나 적어 줬다.

"대출 중개 업체 번호인데, 전화해서 그냥 얼마 받을 건지랑 편하게 묻는 말에 대답만 하면 돼요. 걱정하지 말고 전화해봐요."

달리 거절할 방법이 없던 나는 그 남자가 지켜보는 가운데 전화를 걸었다. 전화 속 여자는 대출을 받을 수 있는 업체를 알아보고 다시 연락을 주겠다고 했다. 한 시간 정도 지났을까? 사회초년생이니 대출 1,000은 나오지 않았고 800을 빌려줄 수 있는 업체 몇 군데를 안내해 줬다. 스피커폰으로 그 남자의 지시에 따라 몇 군데를 신청했고 은행에 다녀오는 업무와 동사무소까지 그 남자가 동행하며 도왔다. 2년제 전문대를 나와 한달 180 받는 일을 어디 가서 구하겠나 싶었던 나는 그렇게 800을 그대로 이체했다.

막상 출근하니 지각하거나 아르바이트생을 구하지 못하면 급여가 깎였다. 당장 월세부터 이자까지... 생계가 어려웠다. 보증금도 이자도 걸려 있으니 다른 일을 구할 수도 없었다. 이번에는 회사에서 주식 거래를 시작한다며 주식 투자 명목으로 500을 추가 요구했다. 업무도 신차수출에서 주식거래로 바뀌어 컴퓨터 앞에 앉아 팀장의 매수, 매입 지시에 따라 클릭만 하면 되는 일로 변경됐다. 이미 월세와 공과금, 이자만으로도 매달 백만원이 나갔고 교통비 식비를 포함하면 숨도 쉬기 어려웠다. 카드로 메꾸기 시작했고 현금서비스를 받아 메꾸며 보증금 500이었던 집은 보증금 300으로 다시 100으로 옮겨졌다. 하루라도 쉬면 당장 생계가 어려워 투잡을 뛰면서 다녔다. 시간은 빠르게 흘렀지만 마음이 힘드니 삶도 피폐해져 갔다.

나란 사람이 자체가 싫어졌다. 가족도 일도 무엇하나 뜻대로 되는 것이 없었다. 그냥 내가 죽어야 끝날 것 같았다.

그맘때쯤 회사에 지금 있는 사장은 바지사장이고 따로 있는 대표는 감옥에 갔다는 소문이 돌았다. 불안한 마음이 들었다. 더 이상 갈 곳이 없는데 정말 내 돈을 들고 사라지면 나는 어떡해 하지? 불안함에 한참을 울다 털어 놓을 곳이 없어 언니에게 전화를 했다. 한참을 듣던 언니는 오빠에게 전화를 했다. 한 동안 연락을 하지 않았던 오빠에게 오랜만에 전화가 왔다. 오빠는 회사의 주소를 물었고 바로 다음날 회사 앞에서 새언니와 오빠를 만났다. 오빠는 나를 안심시키고 밖에 잠시 새언니와 앉아 있으라고 이야기 한 후 오빠의 친구들과 사장실로 들어갔다. 긴 시간이 흐르고 오빠가 나왔다.

"계좌 번호 알려주고, 800만원만 받으면 되는 거 확실해? 이자는?"

오빠는 800만원 포함 이자까지 받아주었다. 그리고 같이 밥을 먹고 집에 돌아오는 길 오빠는 300만원을 더 챙겨 주었다. 당장 수중에 돈이 하나도 없었기 때문에 사양할 수도 없었다. 집에 덩그러니 앉았다. 돈도 돌려 받았고 생각하지 못 했던 도움도 받았는데 하나도 신나지 않았다. 그동안 나는 사랑받기 위해 태어난 존재라며 스스로를 위로하고 각인시키던 나는 사실 정말 쓸모없는 사람이었구나. 우리 가족에게 피해만 끼치는 사람은 나였구나. 아빠를 힘들게 하는 것도, 엄마를 떠나지 못하게 하는 것도, 이젠 언니 오빠까지 나는 정말 나만 없으면 모두가 행복한데 내가 문제일 수 있겠구나. 막상 회사도 정리가되고 나니 나는 갈 곳이 없었다. 보증금 100만원에 맞춰 오느라 내가사는 동네는 중국인들이 많아 밖에 나가는 것도 쉽지 않았다. 가끔 낮에 잠시 슈퍼에 다녀오는 일 외에는 방 안에서 철저히 혼자였다. 아침에 일어나 채용공고 사이트를 찾아 봤고 저녁까지 채용 사이트만 보다가 잠이 들었다. 그 후에는 언니, 오빠에게도 전화를 하는 것도 어려웠다. 오랜만에 전화해서 이런 꼴을 보였다는게 미안하고 챙피했다.

그렇게 한 달이 지났다. 아무에게도 기댈 곳이 없어 철저히 혼자였던 나는 방안에서 죽을 수 있는 방법을 찾고 있었다. 그 때 오래된 고향친구에게 전화가 왔다.

"꺄~ 뭐하고 있어! 어디야? 동해안와? 보고싶어 죽겠어!"

오랜만에 듣는 반가운 목소리. 그 한마디가 나를 구덩이 속에서 꺼내줬다. 사실은 나를 필요로하는 누군가를 간절히 찾고 있었다.

계속 일을 구하지 못했던 나는 아르바이트를 전전하다 결국 다시동해로 내려가게 됐다. 부모님과 함께 하는 생각은 지옥이었지만 고향 친구들에게라도 의지하고 싶었다. 살고 싶어서 어떻게라도 살아야하기에 동해로 돌아갔다.

집으로 온 나는 더 심한 우울증을 앓았다. 서울로 가서 멋있게 살고싶었던 마음이 컸던 탓일까... 다시 동해에 돌아왔다는 사실이 생각보다 나를 더 많이 우울하게 만들었다. 밤만 되면 눈물로 밤을 지새웠다. 아무 일도 하지 않았고, 아무 것도 할 수 없었다. 죽으면 어떨까라는 생각만 했다.

그런데 그 정신에도 신기한 게 보였다. 아빠는 내게 눈치를 주지 않았다. 엄마도 내게 아무 말을 하지 않았다. 그저 엄마는 밥 먹으라는 말만 했고 아빠는 산책을 하자고 했다.

내가 20년을 바라던 어느 가족의 일상을... 그때 처음 느꼈다.

그 해 봄 날씨는 참 변덕스러웠다.

세번째 여행, 서울의 여름은 쨍쨍

하얀 가운을 입은 사람들이 있었다. 한 남자가 나를 안내했다. 분주한 사람들 속을 지나 회색의 단단한 철문이 열렸다. 3명의 면접관이 나를 보고 있었다.

"아르바이트 해봤어요?"

"네."

"지각 안 할 수 있어요?"

"네."

"집은 가까워요?"

"네."

그 후로도 몇 가지 질문을 받았지만 별로 중요한 내용은 아니었다. 그렇게 다시 서울로 돌아왔다. 출근하라는 문자를 받고 근처에 방을 잡았다. 의류시험원은 예전 프로모션 업체에서 일할 때 몇 번 왔던 곳이라 눈에 익기는 했지만 막상 일을 하게 되니 조금 긴장됐다. 내가 배정된 곳은 견뢰도팀. 원단의 단단함을 테스트 하는 곳이었다. 흰색 가운을 입은 키가 큰 남자가 다가왔다.

"유은주씨? 이거 입으면 돼요." 눈도 마주치지 않고 가운 하나를 던져줬다. 가운을 던져주는 그 남자의 무례함은 별로 신경쓰이지 않았다. 그 하얀색 가운이 멋있어 보일 뿐이었다.

처음에는 가운에 반해 나중에는 사람들에게 반해 10개월을 다녔다. 6개월이 지났을 무렵부터 계약직 전환도 될 수 있다는 말을 들었을 때 처음으로 꿈이 생겼다.

그 곳에 사람들은 자유로워 보였고 안정되어 보였다. 나는 그 사람들처럼 자유롭고 안정된 생활을 하고 싶었다.

하지만 계약직 전환은 쉽지 않았다. 계속 아르바이트로 120~130을 받으며 일 할 수는 없는 노릇이었다. 결국 일이 끝나면 호프집에서 아르바이트를 했다. 그 곳에서 한 남자아이를 만났다. 키가 작은 그 남자아이는 카운터에 삐딱하게 기대 나를 위아래로 훑으며 실실 웃고 있었다. 그 모습이 너무 양아치 같아서 말 걸지 않기를 속으로 빌고 또 빌었다.

그런데 첫 인상과 다르게 일을 같이 할수록 얼마나 열심히 하고 행동도 빠른지, 예의 바르고 서글서글한 성격이 함께 일하는 나에게도 좋은 에너지를 줬다.

아침에는 시험원으로 출근하고 저녁에는 다시 호프집으로 출근하는 일상이 반복됐다. 2시까지 일을 마치고 다시 다음날 출근하는 일은 쉽지 않은 날들의 연속이었다. 그래도 같이 일하는 그 아이가 주변을 밝히는 아이라 일을 계속 할 수 있었다. 알고보니 나이도 같았던 그 친구는 장난도 치며 유일하게 나의 말동무가 되어 주었다. 가끔 일이 끝나고 술도 한잔할 수 있는 여유도 생겼다. 시험원은 퇴직금 문제로 아르바이트생은 모두 1년 이내 퇴사를 권유받았고 계약직 전환이 되지 못한 나는 아르바이트를 그만둬야 했다.

그러다 비슷한 일을 하는 외국계회사를 알게 됐다. 꽤 먼 거리였지만 혹시나 정규직을 할 수 있지 않을까 하는 마음으로 서울에서 안양까지 출퇴근을 시작하게 됐다.

안양으로 출퇴근을 하게 되면서 왕복 3시간을 출퇴근 하려니 아르바이트는 그만둬야했다. 다행히 급여는 호프집 아르바이트하는 비용만큼 올라 생계에는 지장이 없었다. 자연스럽게 그 해맑은 친구와도 더 이상 만날 일은 없었다.

아침 일찍 일어나 한시간 반 출근길. 3개월 수습기간 동안 정말 치열하게 공부했고 팀장님의 추천으로 3개월 후에 계약직으로 전환이 됐다.

2년 안에 정규직 전환이 되지 않으면 회사를 그만 두어야 한다는 이야기를 들었고, 보통 2년안에는 다 전환이 된다는 말에 다시 한번 목표를 세웠다.

성동구에서 안양까지의 벌써 1년 6개월... 출퇴근은 쉽지 않았다. 말동무가 되어주는 사람은 이제 더 이상 없었고 나는 다시 혼자였지만 꿈이 있었기에 목표가 있었기에 괜찮았다.

그런 내 마음을 알아주듯 생각보다 정규직 전환의 기회가 일찍 왔다.

팀장님이 좋게 봐주셔서 정규직으로 돌려주자고 상부에 보고가 들어갔다. 부장님께도 말씀드리고 대표님께도 들어 갔다. 인사팀 면접은 형식적으로 치러졌고 대표님과의 면담도 마쳤다. 확정 분위기라 사인만 받으면 끝이었다. 가장 먼저 엄마에게 연락했다. 엄마가 전화를 받자마자 정규직 될 것 같다고 얘기했다. 많이 부족한 딸이 그래도 인정 받으며 회사를 다니고 있다는 것을 엄마에게 가장 먼저 말해주고 싶었다.

생각보다 엄마는 바쁜지 심드렁했다. 응 열심히 해~ 조금 더 좋아
해주길 바랬는데... 아쉬운 마음을 뒤로하고 명함 속 내 이름을 다시
봤다. 유 은 주. 언젠가는 나의 명함에 대리도 붙고, 팀장도 붙고... 할
수 있겠지? 조금씩 가까워지는 나의 미래를 꿈꾸다 잠이 들었다.

유난히 햇살이 눈 부셨다. 알람 소리도 울리지 않았는데 눈이 떠졌
다. 느긋하게 준비를 하고 오늘은 일찍 지하철을 탔다. 이어폰을 꽂고
노래소리에 취해 잠시 잠이 들었다. 깜짝놀라 일어나니 내가 내려야
할 정류장이었다. 재빨리 가방을 챙겨 일어났지만 문이 닫히고 난 뒤
였다. 그래도 다음 역에서 내려 버스를 타면 되니까 일찍 나오길 잘 했
다고 생각하며 기분좋게 회사를 들어갔다. 일찍 도착한 사무실은 아
무도 없었다. 조용히 자리를 정리하고 플레이트를 걸었다. 과장님이
들어오셨다.

"응? 벌써왔네?"

들어오시던 과장님이 살짝 놀란 표정으로 물으셨다. 나도 평소와
다름없이 웃으며 오늘 시료많아서 큰일 났다며 푸념을 했다. 과장님
도 웃으며 오늘 빨리해야한다고 말씀하시고 자리로 돌아가셨다. 모든
게 다를 것 없는 시작이었다. 똑같이 점심을 먹고 있는데 과장님의 호
출이 떴다.

'은주씨 밥 먹고 1시까지 판정실로 와요~'

정규직 전환이 된건가? 설렘반 긴장반으로 얼른 밥을 먹고 판정실
로 올라갔다. 하지만 그렇게 물 흐르듯 흘러갈 인생이 아니지. 대표님

은 마지막에 나의 정규직 전환을 보류하셨다. 올해 말에 정규직 계약
직을 뽑을 때 같이 하자고 하셨다는 말을 듣게 됐다.

아직도 채용공고 사이트에는 우리 회사의 정규직 상시채용 공고가
떠 있고, 계속해서 경력직을 채용하고 있음에도 나의 정규직 전환은
보류되었다. 나는 직감 할 수 있었다. 어쩌면 6개월 뒤 2년을 다 채웠
을 때 정규직 전환이 되지 못해 나가는 건 내가 될 수도 있겠구나... 나
보다 늦게 들어온 사람들은 정규직으로 들어와 내년이면 다들 대리를
달텐데... 나는 운이 좋으면 정규직. 아니면 다시 다른 회사를 찾아야
겠구나.

"미안해... 은주씨...내가 괜히" 과장님의 말에 정신이 아득해졌다.

그토록 뜨거웠던 나의 여름밤의 꿈은 사라져가고 있었다.

더 이상 지하철을 타고 출퇴근하는 내 모습이 멋있게 느껴지지 않
았다. 매일 밤 마인드 컨트롤하며 읽던 자기개발서적들도 이질감만
느껴졌다. SNS를 켜서 멍하게 스크롤만 올리고 있었다. 길을 잃은 기
분이 들었다. 한 동안은 아무것도 생각하지 않은 채 출근을 하고 퇴근
을 하는 일이 반복 되었다. 무슨 생각을 하게 되는 순간 모든 것을 놓
아 버릴 것 같아 일부러 생각을 하지 않았다. 그러다 문득 샤워를 하는
데 목 뒤에 작은 멍울이 만져졌다.

네 번째, 다시 여행을 떠날까요?

병원을 다녀왔다. 목 뒤에 멍울이 걱정되어 갔던 병원에서는 멍울은 양성이라 크게 걱정하지는 않아도 된다고 했다. 다만 갑상선 항진증이 라는 진단을 받았다. 요 근래 살이 갑자기 빠지기 시작하더니 갑상선 때 문이었나보다. 약을 처방 받고 꾸준히 관리를 받아야한다는 이야기를 들었다. 몸에 들어가 있던 힘이 빠지고 스스로 지쳐가고 있음이 느껴 졌다.

오랜만에 월차를 써서 동해로 내려갔다. 가는 길에 마트에 들러 아빠 가 좋아하는 바나나 한 송이를 샀다. 한 손에는 케이크도 들었다. 내일 은 크리스마스니까.

손에 든 선물들과는 달리 나는 반갑지 않은 말을 꺼냈다.

"나 그냥 회사 그만뒀어. 그냥 비전도 없는 것 같고..."

애써 태연한 척하며 이야기했다. 아빠는 별다른 말이 없었다. 한참의 침묵 후에 그냥 잘 했다는 말뿐이었다. 엄마는 이미 다 알고 있다는 듯 이 힘들면 내려와서 엄마와 같이 장사를 하자고 했다. 나도 별다른 말 없이 그러자고 했다. 약 때문인지 살은 계속 쪘고 엄마는 그런 나의 건 강을 챙기기 바빴다.

함께하는 장사는 생계가 됐고, 거창했던 나의 꿈들은 그냥 남들만큼 만 살고 남들 만큼만 쓰고 큰 일없이 먹고 사는 게 됐다.

여전히 부모님은 싸우고, 심하게 싸울 때는 경찰이 왔다가기도 했다.

모든 것은 똑같았지만 나는 변해있었다.

늦은 밤 혼자 침대에서 뜬눈으로 밤을 보내며 심장이 갑자기 날뛰는 경험을 하지 않아도 됐고, 혼자 사색을 즐기고 싶지만 매일 심부름시키는 엄마 아빠가 있어 사색을 즐길 틈도 없었다. 엄마는 또 집을 나가기도 했지만 아빠가 엄마를 찾아 수소문하거나 하지는 않았다. 엄마도 곧 다시 들어왔다. 아마 내가 있기 때문일거다.

그리고 분노로 가득찼던 내 감정이 작아지니 엄마, 아빠의 모습도 보이기 시작했다.

아빠도 의지할 곳이 필요했다는 것을, 표현을 제대로 배우지 못해 자꾸 못난 길을 택하게 된다는 것을... 엄마도 그렇게 한 번씩 도망치는 것만이 엄마가 살 수 있는 유일한 방법이었다는 것을 이해하게 됐다. 그리고 내가 할 수 있는 건 그저 가만히 있어주는 것 뿐이라는 것을. 그것만으로도 나는 필요한 사람이라는 것을 알게 됐다.

내가 여행한 서울은 아주 멋지고 재미있는 곳이었다. 좋은 건물들 수많은 사람들 속에 매일 닫고 여는 많은 가게들 무수한 기회의 장만큼 책임도 따르는 곳... 그 곳에서의 여행은 나의 모든 감정의 민낯을 볼 수 있던 선물 같은 시간이었다.

그리고 이제는 어디에 있느냐보다 누구와 어떤 감정을 가지고 있느냐가 더 중요하다는 것을 알려줬다.

다시 여행을 떠난다면 서울이면 어떻고 제주도면 어떨까. 10년의 서울 여행에서 배운 감정을 안고 나를 이해해주는 사람과 함께 서로를 배려하는 여행을 떠나보고 싶다. 그 여행을 통해 더 깊이 있는 내가 되기를 바라며.

나의 치유 이야기

김인식

김인식   글쓴이는 7년 전, 22년 동안 일했던 은행을 그만두고 보험설계사, 고
객센터 상담원, 텔레마케터를 거쳐 현재 경비원으로 일하고 있다. 마
음의 상처가 깊어 자아존중감을 잃었었다. 지금은 치유를 위하여 신문
기사와 수필을 쓴다. 가장 좋아하는 사람은 아내와 아들이고, 가장 좋
아하는 음식은 된장찌개이다.

인스타그램: https://www.instagram.com/mediatrip.kr/
블로그: https://blog.naver.com/rotc29milita
이메일: rotc29military@gmail.com
웹사이트: http://www.mediatrip.kr

오전 8시 55분이다. 은행 영업점 출입문으로 들어섰다. 은행직원과 청소원 아주머니가 있었다. 그들에게 '안녕하세요'라고 큰소리로 인사했다. 백팩을 경비석에 놓고 TV와 PC를 켰다. 신문을 객장 서가에 꽂고 대여금고 실과 ATM실의 전원을 켰다. 그리고 주방에 가서 커피 필터를 꺼내어 커피메이드의 깔때기에 끼워 넣은 다음 원두를 쏟아 넣고 물을 부었다. 마지막으로 전원을 켰다. 잠시 후에 은행직원이 금고를 열고 가스분사기를 건네줬다. 경비원 업무일지를 작성하고 물 한잔을 마셨다. 9시 30분에 은행 셔터와 자동문을 열면 은행 영업이 시작된다. 경비석에 앉았다. 나는 은행 영업점 경비원이다. 창구에서는 은행원들이 영업을 준비하고 있다. 7년 전에는 나도 은행원이었다. 은행 경비원과 관련한 과거사가 생각났다. 9년 전 어느 날 시중은행 안전관리부 과장이었던 때였다.

은행원 시절

"김 과장! 자네가 경비원이야?"

부서 상사는 이해할 수 없다는 반응을 보였다. 키가 작고 깡마른 상
사는 미간을 찌푸렸다. 나는 내 생각을 이야기하고 싶었다. 억울한 마
음이 들어 대답했다.

"아닙니다. 은행의 급여를 받고 은행의 이익을 위하여 일하는 것이
맞습니다. 다만 보편적인 정의와 인권은 지켜져야 한다고 믿습니다."

하지만 상사는 코웃음치며 내 의견을 묵살했다.

"자네는 사회운동가가 아니라 은행원이야. 영업점에서 난리야. 경
비원 담당과장이 이상하다고 말이야. 왜 김 과장이 경비원의 고용이
나 인권에 신경을 써? 이해할 수 없네. 자네 영업점으로 가서 고생해
봐야 정신을 차리겠구만."

나는 지금으로부터 14년 전부터 9년 전까지 5년 동안 원청업체(사
용자)인 시중은행 안전관리부 경비원 도급 담당과장이었다. 영업점
경비원의 배치 및 교체, 민원 처리를 비롯해 은행 본점의 비용관리팀
으로부터 예산을 배정받아 용역비를 하청업체(경비회사)에 지급하는
일도 했다. 내가 근무할 당시 시중은행 경영진은 사모펀드 지배 아래
있었다. 경영진은 은행직원들에게 법규준수를 요구했다. 그러나 영업
점장을 비롯한 은행직원들은 오랜 관행에서 벗어나지 못 했다. 경비
원이 잡무 요구에 응하지 않으면 교체를 요구하는 일이 잦았다. 경비
노동자들은 출입자 통제, 객장 내 질서유지, 화재 및 범죄예방, 안내

업무가 본연의 업무이다. 그러나 일부 은행원은 경비 업무를 벗어난 업무를 경비원에게 요구했다. 청소, 화분 물 주기, 자동차 운전, 현금 자동 입출금기 현금 보충, 우체국 심부름, 은행원의 사적 심부름 등이 그것이다. 일부 고객은 경비원에게 폭언을 하고 폭행을 가하기도 했다. 경비원은 저임금과 고객응대 스트레스에 시달렸다. 나는 처음에는 경비원의 처우에 관심이 없었다. 그러나 맡은 일을 하면서 그들의 어려움을 조금씩 알게 되었다. 나중에는 경비원의 고충에 마음이 불편했다. 어느 날 영업점 지점장으로부터 전화가 왔다.

"과장님! 나 지점장인데요. 경비원 교체를 요청하려고 전화했어요."

"안녕하십니까? 지점장님! 지점 경비원이 경비업무에 소홀한가요? 경비회사 현장대리인과 경비지도사를 통해 개선을 하도록 조치하겠습니다."

"아니오. 다른 지점 경비원은 신용카드 유치도 잘해오는데 우리 지점 경비원은 너무 영업력이 없어서요."

"말씀 중에 죄송합니다만……. 카드 유치는 경비원의 업무가 아닌데요."

"안전관리부장 바꿔요! 말이 안 통하네."

위와 같은 일은 빙산의 일각에 불과했다. 일부 은행원은 잡무를 끊임없이 요구했다, 그렇다고 급여가 높거나 수고비를 지급하는 것도 아니었다. 은행원과 고객 그리고 동료 노동자인 청소원 마저도 경비원을 하인을 부리 듯 하는 경우가 잦았다. 해도해도 너무 한다는 생각이 머릿속을 떠나지 않았다.

어느 날은 안전관리부 업무 중 하나인 안전보안점검을 위하여 지점을 방문했다. 안전보안점검은 영업점에서 화재나 범죄 예방을 잘하고 있는지 여부를 확인하고 조언을 하는 일이다. 그런데 경비원이 자리에 없었다. 그래서 은행 영업점 차장에게 경비원이 어디에 있는지 물었다. 그랬더니 다음과 같이 대답했다.

"예, 제가 심부름 보냈습니다. 직원들은 모두 바빠서요."

나는 깜짝 놀라서 말했다.

"그러다가 범죄나 화재라도 발생하면 어쩌시려구요. 새마을금고 현금피탈사건도 있었잖아요."

차장은 태연하게 대답했다.

"설마 그러겠어요? 여기는 도심인데."

당시 일부 은행원은 안일한 인식을 가지고 있었다. 실제로 소탐대실할 수 있는 일이었다. 그런데 보다 심각한 문제는 이런 경우 사고발생시 경비원이 책임을 져야 한다는 점이다. 경비원은 본연의 업무에 충실하기 위해 심부름을 거절하는 것이 옳다. 그러나 현실은 잡무 거절을 하면 사실상 따돌림을 당하고 일자리를 잃는다. 경비원 인권 보호나 권리증진은 내 업무가 아니다. 그러나 부조리한 현실 속에서 경비원이 과연 업무에 충실할 수 있을지 의문이 들었다. 은행 영업점 경비원은 범죄예방, 화재 예방, 출입자 통제, 고객 안내를 한다.

또다른 일도 있었다. 당시 은행 경영진은 영업점의 고객만족 서비스 수준의 향상과 유지를 위하여 외부 업체에 점검을 요청했다. 전반

적으로 CS 수준이 낮은 것으로 평가되자 영업점 직원들은 소비자만
족부에 경비원에게 책임을 돌리는 의견을 냈다. 고객이 지점을 방문
했을 때 최초 응대하는 사람이 경비원이라는 이유였다. 소비자만족
부는 안전관리부에 회의 날짜와 장소 그리고 주제를 통보했다. 농부
에게 끌려가는 황소의 심정으로 회의에 참석했다. 회의에는 경비회사
관계자도 참여했다. 회의가 시작되자마자 소비자만족부의 아무개 차
장은 은행 영업점 경비원의 서비스 수준이 낮다며 경비회사와 안전관
리부 직원들을 몰아세웠다. 나는 화가 치밀어서 얼굴이 뜨겁게 달아
올랐다. 가만히 참고 견딜 수가 없었다. 그래서 아무개 차장의 말이 끝
나자마자 은행 CS 부서의 주장이 부당한 처사라고 반박했다.

"영업점 고객만족 서비스의 핵심 담당자는 누구입니까? 바로 은행
직원입니다. 경비원은 종된역할을 합니다. 그리고 엄밀히 말해서 경
비원은 화재예방과 범죄예방을 담당하므로 그들에게 책임을 물어서
는 안됩니다. 경비원은 은행에서 직접 고용한 은행직원이 아닙니다.
도급 계약에도 위반되는 일입니다."

나의 주장에 대하여 아무개 차장은 아무 말도 하지 못하고 얼굴을
찌푸리고 있었다. 회의실에는 어색한 침묵이 흘렀다. 그는 현황 안내
와 경비회사 앞 당부하는 말로 급하게 마무리를 하였다. 나는 안전관
리부 사무실로 돌아왔다. 잠시 후에 전화벨이 울렸다.

"김 과장님! 소비자만족부의 아무개 차장입니다. 오늘 저희 부서와
안전관리부, 경비회사 관계자 회의에서 과장님이 경비업체 편을 들어
서 정말 난감했습니다. 경비업체 협조 하에 영업점장이 경비원을 강

하게 통제하여 CS 수준을 높이는 것이 잘못입니까?"

나는 화를 가라앉히고 낮은 목소리로 내 입장을 밝혔다. 경비원은 도급사 은행 소속이 아니므로 수급사 직원인 경비원에게 직접 지시를 해서는 안된다. 그리고 고객만족서비스 수준을 높이려면 경비회사를 통해 교육을 강화하도록 요구해야 하는 대전제에 찬성한다. 그러나 CS수준은 본래 은행원의 노력이 있어야 하는 것이다. CS평가에 경비원을 포함시키는 것은 위장도급, 불법파견의 법률리스크에 노출된다. 마지막으로 원청사도 경비원의 처우 개선에 협조해야 한다. 그 전제 없이 저임금, 은행원의 잡무 요구, 고객 응대 스트레스에 시달리는 경비원에게 사람 대접도 해주지 않으면서 CS수준을 높이라는 것은 옳지 않다. 그리고 깊은 양해를 부탁한다고 덧붙였다.

소비자만족부장은 안전관리부장에게 항의를 했다. 나는 이 사건으로 안전관리부 상사의 질책을 받았다. 예견한 일이었다. 불이익을 받아들였다. 그러나 뜻을 굽힐 생각은 없었다. 9년 전 영업점으로 이동 명령을 받았다. 그리고 영업점 근무를 견뎌내지 못했다. 건강이 좋지 않고 업무 능력이 부족해서 휴직과 복직을 거듭한 뒤 7년 전 '준정년 특별퇴직'을 했다. 그때부터 지금까지 여러 가지 일자리를 옮겨 다녔다. 은행 일을 감당하지 못하고 몸이 아파서 결정한 퇴직은 준비된 것이 아니었다. 보험설계사, 시중은행 IT센터 경비원, 고객센터 상담원, 텔레마케터, 도보 배달원으로 일했다. 1년 전에는 3개월 동안 '은행 영업점 경비원 대직자 아르바이트'를 하게 됐다. 경비업계에서 '대직자'란 은행 영업점 경비원의 휴무할 때 그의 업무를 대신하는 일용직 근로자를 일컫는다. 대직자의 업무와 은행경비원의 업무는 완전히 똑같지는 않다. 왜냐하면 며칠 동안만 일하기 때문이다. 그런데도 은행원들이 출입자 통제, 범죄 예방, 화재 예방, 객장 안내만 요구하지는 않는다. 나는 동전 교환, 일반쓰레기 버리기, 주차권 배포, 스마트폰 앱 설치 등을 수행했다. 마지막으로 대직자로 일하던 은행 영업점에서 은행 직원들이 현재의 경비회사 입사를 권유했고 면접과 서류전형을 거쳐 현재 은행 영업점 계약직 일반경비사원으로 일하고 있다.

경비원 시절

  최근에 안전관리부 시절 친분을 쌓은 복수의 경비회사 관계자들과 전화 통화를 했다. 경비원으로 일하다보니 다른 은행 경비원들의 상황이 궁금했다. 그들은 현재는 현금 자동 입출금기에 현금 보충이나 자동차 운전을 요구하는 경우는 드물다고 했다. 그러나 나머지 상황은 전과 다름이 없다고 말했다. 실제로 은행 경비원 커뮤니티의 게시물을 읽거나 오프라인 모임에 나가서 이야기를 들어보면 9년 전의 상황과 크게 달라지지 않은 상황이었다. 지난 여름 2020년부터 은행경비원 처우 문제를 꾸준히 제기해 온 전직 경비원은 "은행 영업점 객장에서 일하는 경비원은 다른 직장인과 달리 여름휴가를 가지 못하는 경우가 적지 않습니다"라고 말했다. 은행 경비원들은 불이익에 대한 두려움 때문에 원청사인 은행이나 소속 경비회사에 강한 요구를 하지 못한다는 것이다. 매년 여름 철이 되면 은행과 경비 도급 계약을 맺은 경비회사들은 대대적으로 '대직자'를 모집한다. 경비업계 관계자에 따르면, 대직 근무가 손쉽지 않고 다른 일용직에 비하여 일급이 높지 않아 구인이 쉽지 않다고 한다. 경비업무의 특성상 경비구역을 비워 둘 수 없기 때문에, 대직자가 구인되지 않으면 경비원을 쉽게 할 수 없다는 것이다. 물론 은행 마다 사정이 조금씩 다르다. 내 경우 한 달 전에 연차휴가를 신청하면 휴가를 갈 수 있다. 그러나 휴가를 가지 못하는 경비원이 있다는 것은 안타까운 노릇이었다. A 은행에 근무하는 경비원 K 씨는 "유급 특별휴가가 없어 휴가를 사용하기가 망설여집니다."고 말했다. 그는 "제 월급은 최저 임금 수준 200만 원인데, 우리 은행 차장님은 은행 안전관리부에서 경비업체에 주는 월 용역비 350만 원이 제 봉급인 줄 알고 계시더라고요."라며 한숨을 쉬었다. B 은행에서 일하는 경비원 L 씨는 또 다른 이야기를 했다. "연차수당을 급여에 녹이는 것은 잘못이라고 봐요. 관련해선 회사 규정집을 보여주지도 않습니다."라고 말했다. 한편, C 경비업체 관계자는 "연차수당 지급은 회사마다 다릅니다. 선지급, 1년 후 지급, 퇴직 시 지급 등 다양해요. 법적 문제는 없습니다."라고 잘라 말했다. 여기에 관하여 광역지방자치단체 노동법률상담소 관계자는 "연차수당을 선지급할 경우 반드시 근로계약서와 취업규칙에 기재하여야 하며 근로자에게 통보 없이 행하여서는 안 됩니다."라고 강조했다. D 은행의 경비원 J 씨는 "은행 경비원 관련 기사가 몇 번 신문에 나왔어요. 그런데 변화가 없고, 사람들도 관심이 없습니다. 파견법 폐지와 직접 고용이 답인데

저희 빼고는 관심이 없는 것 같아요."라고 덧붙였다. 실제로 J 씨가 보여준 수첩에는 '절규하는 은행경비원, 외면하는 은행권 노조, 은행경비원, 경비 외 업무 여전, 제2의 새마을금고 사태 우려, 나는 30대 비정규직 은행경비원, 3년 2개월 뒤 해고됐습니다, 월 188만 원 은행경비원의 편지, 중간 착취 없이 일하고 싶어요, 은행 점포 폐쇄 가속화, 일자리 잃는 경비원들' 등의 신문 기사 제목과 날짜, 신문사 이름이 빼곡하게 적혀 있었다. 2020년부터 은행 경비원 커뮤니티를 이끌어 온 이 아무개 위원장은 은행 경비원 처우 문제를 꾸준히 제기해왔다며 다음과 같은 이야기를 했다. 지난해 경비노동자를 비롯한 간접고용 노동자 문제를 취재한 〈H일보〉 기자들이 국회와 고용노동부에 네 가지 제안을 했다. 그 내용은 '원청이 노동자에게 임금을 직접 주자, 파견수수료를 정해진 비율 만큼만 떼자, 원청도 사용자다, 간접고용 노동자 보호법을 제정하자'이다. 그런데 현재 노동 관계 전문가들이 최선이라는 위의 제안도 국회와 고용노동부로부터 '검토해 보겠다'라는 답변을 들었다고 했다. 답은 명확하게 있다. 파견법을 폐지하고 간접고용 노동자를 직접고용으로 전환하는 것이다. 그러나 전문가들은 안타깝지만 당장은 어렵다고 말한다. 갈 길이 멀다. 그러나 간접고용노동자와 시민사회는 끊임없이 요구해야 한다. 그래야 노동조건이 나아질 수 있다.

자아존중감 만들기

오전 9시 30분이 되었다. 은행 셔터를 올리고 자동문을 열었다. 고객이 입장했다. 나는 "안녕하세요? 무엇을 도와드릴까요?"라고 큰소리로 인사했다. 어떤 손님은 인사를 받고 어떤 사람은 인사를 받지 않는다. 고객이 용무를 끝내고 은행을 나서면 "살펴 가세요" 혹은 "안녕히 가세요"라고 인사한다. 손님이 떠나면 은행 창구의 탁자 위의 휴지를 버리고 필기구를 꽂고 의자를 제자리에 놓는다. 종종 고객의 요청에 따라 주차요금 할인등록을 하거나 우편물을 받아 수신자에게 배포하고 짐을 나르기도 한다. 나는 은행 영업점 경비원 중에서 운이 좋은 사람이다. 원청사 겸 도급사인 은행직원들이 친절하고 성품이 좋은 사람들이다. 늘 좋은 사람을 만나는 행운을 누리지는 못한다. 그들은 경비업법을 준수하여 경비업무 외 잡무를 요구하지 않는다. 하도급사 겸 수급사인 우리 경비회사는 20만 원 상당의 일반건강검진, 상여금, 휴가, 전자책 서비스 등을 제공한다. 모든 은행 영업점 경비원이 운이 좋지는 않다. 물론 나도 계속 운이 좋을지 장담할 수는 없다. 근로계약이 종료되고 재계약이 이루어지지 않거나 민원 고객이 해고를 요구하거나 지금 일하고 있는 은행 영업점이 폐점되면 일자리를 잃는다. 그러나 나는 삶의 희망을 버리지 않는다. 다른 사람의 언행에 좌우되는 자존심이나 자부심이 아닌 확고한 자아존중감을 세우려 애쓰고 있다. 곰곰이 생각해보면 살아있는 사람은 누구나 지나온 삶을 통하여 교훈을 얻는다. 자신을 돌이켜보고 배우고 깨닫는다. 이를테면, 신중하지 못하거나 반대로 과감하지 못해서 손해와 상처를 입는 경우가 잦았다. 또한 지나치게 마음이 약해서 다른 사람에게 쓴소리를 못했고 다툼을 두려워하여 피하였다. 몸을 강하게 키우지 못하여 운동과 싸움을 못하기도 했다. 앞으로는 잘못을 되풀이하지 않으려 한다. 또한 과거사로 마음의 상처가 깊더라도 치유를 하려고 애쓰고 있다. 올해 봄 나는 치유의 방법으로 두 가지를 생각했다. 그중 하나는 신문 기사 쓰기이고 다른 하나는 문학적 글쓰기이다. 국문학과 전공자로서 평소에 하고 싶었던 일이다. 즐겁고 기쁘고 흐뭇한 일을 하고 싶었다. 더불어 적은 금액이라도 소득이 생기기를 바랐다. 우선 어느 인터넷 신문사에 시민기자 회원으로 등록했다. 그 신문사는 보도기사, 의견 기사 외에 개인의 일상을 소재로 하는 생활 글도 뉴스로 채택하고 있었다. 에세이 형식의 기사이다. 그리고 무작정 기사를 쓰고 송고하였다. 뉴스 기사로 채택이 되었다. 정말 기뻤다. 백일장에서 상을 받은 기분이었다. 그런데 송고한 기사 갯수에 비하여 채택되어 정식 기사로 노출되는 것은 많지 않았다. 신문사 편집부로 문의하니 역시 글쓰기와 기사 쓰기의 기본을 갖추지 못한 것이 원인이었다. 해당 신문사는 원칙적으로 '시민기자 회원'의 문의는 전자우편이나 메시지만을 이용하도록 하고 있었다. 그러나 실제로는 편집기자가 직접 전화를 하기도 했다. 어느 날 편집기자가 내게 전화를 했다.

"김인식 기자님! 비문이 잦으면 안돼요. 글을 퇴고한 후 반드시 소리내어 읽어 보세요. 처음부터 끝까지 이상한 문장이 없는지 오타나 문법에 맞지 않는 문장은 없는지 의미가 불분명하거나 오해를 살만한 부분은 없는지 반드시 확인하셔야 해요."

그의 조언은 정말 도움이 되었다. 그러나 그 정보만으로는 부족했다. 기사 쓰기 실무를 알아야 했다. 배움에 못 말라 있었다. 기사를 더 잘쓰고 싶어서 기자양성 교육 과정을 찾았다. 예상 보다 쉽지는 않았다. 하지만 포기하지 않고 인터넷을 뒤져서 적당한 학원을 발견할 수 있었다. 지금까지 공부한 과정은 전·현직 기자의 개인 교습과 지역 인터넷 신문의 특강 그리고 중앙지의 언론 아카데미 마지막으로 인터넷 신문기자 양성 교육 학원 등이 있었다. 열심히 공부하여 수료했다. 강의가 끝난 후 기자 양성 교육 학원 측은 세 가지 진로를 제안했다. 제휴 언론사 소속 기자로 입사하거나 각 전문 분야 프리랜서 기자로 활동하는 것이다. 마지막으로 인터넷 신문사를 설립하여 운영하는 길이 있었다. 나는 나이가 55살이고 전문 분야가 없는 측면을 감안하여 인터넷 신문사를 설립하여 운영하면서 배우기로 결심했다. 그리고 과감하게 실천했다. 그것은 쉬운 일은 아니지만 그렇다고 불가능한 일은 아니다.

가을부터는 글쓰기를 시작했다. 31년 전 국어국문학과를 졸업하고 글쓰기를 한 적이 없었다. 현재는 모르는 것이 많고 글쓰기 능력도 보잘것없다. 그래서 글쓰기 플랫폼과 출판사, 사회관계망서비스(SNS)를 통하여 알게 된 여러 작가를 통하여 글쓰기를 배우고 있다. 앞으로 책을 출간하고 지속해서 집필하는 작가로 살고 싶다. 책 읽고 생각하고 글 쓰는 일은 예상보다 피로했다. 몸이 건강하지 않으면 글을 쓸 수 없다. 산책과 운동을 병행해야겠다. 또한 자신을 사랑하고 존중해야 한다. 자아존중감이 낮은 사람의 글에 안타까워 할 수는 있지만 희망을 잃은 글쓴이의 글에 공감하기는 어렵다.

　지난 세월에 육군 장교, 은행원, 보험설계사, 텔레마케터, 고객센터 상담원, 도보 배달원을 거쳐 현재는 경비원과 인터넷 신문사 대표 기자로 일하고 있다. 여러 직업을 거치며 삶의 다양한 면모를 경험할 수 있었다. 겪어 본 지식과 기능은 삶의 이야기를 담아내는 데 유용할 것이다. 물론 사연이 많다고 꼭 좋은 글이 나오지는 않는다. 많이 애써야 한다. 삶은 쉽지 않다. 그래도 행복하여지려고 애써야 한다. 나는 성공 보다 실패가 많았던 인생이었지만 포기하지 않고 나아갔다. 선택의 갈림길에 서 있는 인생 후배와 친구, 선배들에게 내 이야기가 가닿을 수 있길 바란다. 그리고 책과 언론 매체, 사람을 통하여 배우고 깨닫는 일을 계속할 것이다. 그 과정에서 나만의 이야기, 공감할 수 있는 이야기가 만들어진다.

사랑 여행기

홍지영

홍지영   언제나 제가 살아 있음에 스스로 공헌을 합니다.

글이란, 그저 힘이 되거나, 행복을 얻거나, 깨달음을 주거나, 아끼는
애장품이 되는 정도가 아닐까. 점점 형상을 잃어가는 우리들의 삶 속
에 내가 원하는 사랑을 만들어가며 나눠주는 글쓰는 사람, 홍지영.

중학교 2학년 때였을 것이다. 학교에서 5명 무리에 속해있었다. 다들 왕따의 경험이 있었고 나 혼자 경험이 없다는 이유로 왕따를 당하기 시작했다. 이유 모를 미움과 시기 질투, 그리고 진실성이 없는 갖가지의 이야기들 모든 건 나의 왕따를 위해 만들어진 소문들뿐이었다.

다행히도 나의 성격은 실제로 나에게 직접적인 가해 행동이 없다면 크게 신경 쓰지 않았고 혼자라는 것에도 크게 의미 부여하지 않고 이 시기만 잘 버텨보자며 지옥 같았지만, 지옥이라 생각하지 않고 학교 생활을 해왔다.

사실 아무렇지 않아도 마음은 계속 상처받았는지 잘 버티다가도 집에 돌아오면 몸과 마음이 축 늘어지고, 긴장이 풀려 눈물이 나오기도 해서 한없이 잠만 자기도 했다.

그러던 어느 날 몇 번 이야기 나누던 친구가 나에게 조심스레 와서 밥을 같이 먹자 했다. 사실 혼자 먹어도 상관없다며 스스로 마음을 다잡고 지내왔던 나였지만, 같이 먹자는 말 한마디에 갑자기 심장이 뜨거워지고 매우 두근거리며 녹아 무너져 내릴 것 같은 느낌을 받았다.

결국 난 혼자 밥 먹은 게 괜찮거나 상관없지 않았던 아이였던 것이었다.

같이 마주 앉아 밥을 먹을 먹으며 무슨 이야기를 나눠야 하나 고민하느라 밥이 코로 들어가는지 입으로 들어가는지 정신없을 찰나 친구는 나에게 한마디를 건네주었다.

"나는 소문들이 진짜인지 아닌지 하나도 안 궁금해. 물어보지도 않을 거야. 전에 나도 이상한 소문이 돌았잖아 체육 시간에 아무도 다가오지 않았던 거 기억나?"

라는 말에 눈물이 눈 앞을 가려왔다. 보상심리가 없는 베풂은 이렇게 돌아오는 것인가 많은 생각이 스쳐 지나갔다.

이렇게 나에겐 소중한 친구가 곁에 생겼고 남들이 뭐라건 우린 너무나 행복하게 지냈다.

어느 날 하교 시간이 되었고 케이크를 먹고 싶은 우리는 우리 집 근처 빵집으로 향해 가고 있었다. 따스한 햇살이 가득했던 그날 신호가 바뀌자마자 신발 끈 때문에 잠시 멈추어 끈을 묶고 있던 나를 두고 먼저 뛰어 앞서갔던 나의 친구는 내 앞에서 교통사고로 죽었다.

그대로 나의 몸은 굳어 버렸고, 큰 충격으로 인해 아무런 소리를 낼 수 없었다. 난 현실이라는 걸 깨닫는 순간 온몸이 떨려 일어설 수 조차도 없었다.

그때부터였다. 공황장애와 우울증이 함께 나에게 실려 온 시점이다. 이러한 정신 질환의 지식이 부족한 어린 나였기에 어떠한 증상도 나체 그대로 부딪쳐야 했다. 그대로 아파해야 했고 그대로 고통을 느껴야만 했다. 무엇인지 아무것도 모르는 나는 이런 내가 나약해 보이며 누구에게도 들키고 싶지 않았다. 언제나 가족들 앞에선 웃고 혼자서 모든 걸 감내하려 애썼다.

난 방에 누워 매일같이 어떻게 죽어야 할까 고민하며 계획까지 세우는 지경까지 갔다. 그렇지만 이상하게도 매일 새벽마다 엄마는 꼭 방문을 확인하고 주무셨다. 나의 계획을 방해한다 생각했다.

나의 부모님은 언제나 내가 힘들어 보이거나 이상해 보일 땐 절대 다그치거나 말할 때까지 꺼내려 하지 않았다. 오로지 기다려 주셨다.

그렇게 계획에 성공하지 못한 채 세월은 지나갔고, 어느덧 우리 집은 이사를 하게 되었다. 나의 마음은 고통에 흡수가 되어 어떠한 감정에도 무뎌져 버렸고, 다가오는 모든 감정을 이용해서 힘들 때 벼랑 끝에 세워 답을 찾는 버릇이 생길 무렵 부모님에게 자연스레 내가 과거에 자살계획을 세웠다는 사실을 슬쩍 꺼내 보았다.

엄마 아빠는 웃으며

"괜찮아 누구나 그런 시기는 오는 거고 이상한 게 아니야, 사실 엄마는 알고 있었어, 이렇게 계획을 세운 것까지는 상세히 눈치채지 못했지만, 지영이가 많이 흔들리고 있구나 싶었어, 그래서 항상 일 층으로만 이사를 했고, 이번에도 일 층으로 이사를 하는 거야, 그런 흔들림은 괜찮다가도 또 오기 마련이니깐.

밤이 되면 항상 느낌이 불안해서 방문을 조금 열어두고 확인했던 건, 네가 진짜 잠들 때까지 확인이 되면 잠들었던거야. 너무 힘들어서 말하고 싶으면 말해줬으면 좋겠다."

마치 따뜻한 한 장의 편지를 건네받는 기분이었고, 나의 상처가 한 순간에 아물어가는 느낌과 친구의 떠남이 슬픔이 아니라 마음속으로 잘 포장이 되어 간직이 된 기분이었다.

그 이후 세상을 먼저 떠난 나의 친구와 약속했다. 또다시 나에게 고통이 올지라도 슬프고, 자책감이 아니라 마음으로 너와 소통하겠다고 열심히 살아 보겠다고.

부디 하늘나라로 내가 전한 이 약속이 친구에게 닿길 바랄 뿐이다.

세월은 물 흐르듯 지나갔다. 일상에 많은 이들이 오가며 나에게 사랑이 무엇인지, 세상을, 사람을 바라보는 시각과 마음을 움직이게 하는 일들이 있었다.

(몽골로 떠난 나의 친구)

스무 살 때 아주 잠깐 엔터 기획사에 들어가 있던 적이 있다. 그곳에서 만난 우린 동갑내기 친구였지만 둘 다 워낙 낯을 많이 가리는 성격이라 서로 말 한마디 건네기가 어려웠다. 연기 수업이 있던 날 우리 둘이 팀이 되어 연기를 해야 하는 상황이 왔고, 어떻게 할지에 대한 이야기를 나누려 카페에 갔다. 우리의 첫 대화의 시작이었다. 설레는 마음이 너무 컸던지라 마치 소개팅 나온 것처럼 떨렸다. 우린 어떤 주제로 어떤 파트를 각자 가져갈지 대화를 나눴고, 일 이야기가 끝날 무렵 그때야 서로의 인사를 나눴다.

약간의 무심함을 가지고 있는 이 아이는 사소한 것들을 조용히 챙겨줄 줄 아는 친구였다. 내가 음료를 먹다가 살짝 흘렸더니 조용히 티슈를 가져와 주고 스푼이 필요할 것으로 보였는지 스푼도 가져다주는 몸에 배어있는 다정함을 가지고 있었다.

큰 리액션 없는 잔잔한 대화에 나는 매료되어버렸다. 그녀를 내 곁에 두고 싶다는 생각에 우리의 사이를 좁혀 보려 다가갔다. 그녀도 나와 같은 마음이었는지 조금씩 마음의 문을 열고 나를 봐라 바 주기 시작했다.

그녀와 나는 가끔 만나 커피 한잔하며 이야기를 나누기도 하고 맛있는 걸 먹기도 했다. 우리가 나누던 서로의 이야기보다 서로가 만들어내는 분위기에 편안함을 느끼면서 우리는 우정을 다져가고 있었다.

이렇게 가끔 만나거나 연락하던 우리의 사이가 각자의 삶에 공헌을 하느라 뜸 했던 연락이, 몇 년이 흘러 갑작스레 친구의 소식을 듣게 되었다.

친구는 미래를 위해 몽골로 떠난다는 소식을 나에게 보내왔고, 그녀의 삶을 응원해주면서도 보내기 싫은 이 마음은 너무 쓸쓸하고 외로웠다.

그녀는 떠나기 전에 나를 보고 가겠다며, 당장 내가 사는 곳까지 와주었고, 든든한 밥 한 끼를 먹으며 그녀가 떠나는 이유와 무엇을 할 건지의 미래적인 이야기를 한참 듣다가, 그녀가 날 바라보는 눈에서 가면 많이 외로울 것 같다는 눈빛을 보았다. 알아채자마자 이때다 싶어 내가 놀러 갈게! 외치며 그 자리에서 바로 핸드폰을 열어 비행기 표를 알아보았다.

　그녀가 가능한 시간대에 맞춰 나의 모든 연차를 몽땅 소진해 그녀를 보러 가는 것에만 집중하여 비행기 표를 끊었다.

　토끼 눈과 감출 수 없는 미소를 띤 그녀의 얼굴은 아직도 잊지 못한다. 그 후에 한 달 뒤 나는 몽골에 가기 위해 한가득 짐을 싸고, 그녀의 부모님은 고맙다며 이것저것 함께 보낼 한국 음식들을 싸주셨다. 그녀를 보러 공항을 가는 길마저도 설렘 가득하였다.

　몇 시간 비행을하고 몽골 공항인 울란바토르에 도착하였다.

　그녀는 나를 위해 내가 나오는 곳에서 기다리고 있었으며, 우린 마주하자마자 껴안았다.

　그녀의 차를 타고 그녀의 집으로 갔다. 선선한 바람과 길마다 깔린 조명을 지나치며, 가는 길 동안

　"지영아 뭐하고 싶어? 먹고 싶은 거 있어? 가고 싶은 곳 있어? 지금 밤이니깐 일단 맥주 한잔하러 갈까?"

　내가 대답할 시간조차 주어지지 않을 정도로 무한 질문을 통해 그녀가 얼마나 행복하고 들떠있는지 짐작할수가 있었다.

　워낙 계획 없이 여행하는 걸 추구하는 나지만, 몽골 여행은 더더욱 아무런 계획 없이 나의 친구를 보러 가겠다는 목적 하나였다.

　뭐든지 다 좋다는 말만 남긴 채 우린 몽골에 유명하다는 펍을 가게 되었고, 가서 몽골에 친구는 생겼는지 누가 괴롭히지는 않았는지 필요한 건 없는지 궁금하게 너무 많은 나는 물음표를 한없이 던졌다.

　그녀는 천천히 말해주겠다며, 여기까지 와줘서 정말 고맙다는 말을

건네주었다. 이런저런 궁금했던 모든 걸 이야기하고, 약간의 취함을 가지고 나와 길거리를 걷던 중 핸드폰을 가게에 두고 왔다는 사실에 친구는 너무 놀라서 서둘러 가게에 뛰어가기 시작했다.

알고 보니 몽골에서는 무언가 잃어버리면 절대 찾을 수 없다고 한다. 그녀는 울상을 하며 미친 듯이 뛰어갔다. 다행히도 매장 직원이 핸드폰을 보관하고 있었고, 그녀에게는 그 또한 놀라움이었다.

한 번도 잃어버린 물건을 찾았다는 사람을 본 적이 없는데, "지영아 이건 진짜 천운이야!!" 누구보다 놀라고 기뻐했다.

이때부터였는지 뭐든 다 운명적인 것처럼 몽골 여행을 즐겼다. 몽골의 역사를 보러 가고 몽골의 클럽도 가보고 짧은 사이에 알게 된 그녀의 몽골 친구까지 만나 어설픈 영어로 대화도 해보고, 슈퍼에 가서 직접 몽골 말로 결제도 해보고, 많은 추억을 쌓았다.

이렇게 일주일이라는 시간을 보낸 후 떠나기 전날 우린 집에서 와인 한잔을 하며 서로에 대해 더 깊게 이야기를 털어놓았다. 그녀는 누구에게도 쉽게 말하지 않았던 부모님의 이야기, 남자친구의 이야기, 본인의 몽골 생활, 나를 어떻게 생각하고 있었는지, 등등의 이야기해 주었다.

가만히 듣던 나는 어떤 고민의 이야기든 그녀가 어떤 모습의 사람이든 그녀의 입에서 나오는 말에 걸맞은 표정들 손짓들 모든 게 사랑스러워 보였다.

그녀에 대한 보답은 나의 이야기도 하는 것이라 생각이 들어 나의 이야기도 늘어놓았다.

나의 우울한 감정에 대해, 어떻게 나아가고 있는지에 대해, 사실 어떤 생각을 하며 살아가고 있는지에 대해 술기운을 빌려 맘껏 펼쳤다.

그녀는 나에게

"지영아, 사실 나도 그렇다? 되게 우울하고 어두울 때 있는데 그걸 알아가는 게 무섭고 그런 감정이 있다는 거 자체가 안 좋은 거라 생각이 들어서 피하기만 했는데 넌 그걸 마주했다고 하니깐 참 멋있어. 너의 이야기인데 내가 위로받는 기분이야. 항상 이렇게 나체로 드러나는 너의 표현이 나는 너무 좋아"

라는 말에 서로 미소를 지으며 마지막 밤의 마무리를 하게 되었다.

그녀는 불면증이 있어 향초를 피우고 먼저 잠이 들었다.

그 틈을 타 나는 책상에 앉아 낮에 샀던 편지지에 편지를 쓰기 시작했다.

[시아야, 너를 보러 오겠다는 목적 하나로 와서 나는 너를 보고 너는 나에게 너무 많은 추억을 줬어. 이렇게 받은 추억을 너에게 내가 또 어떻게 다르게 전달해줘야 할까 고민하다가 편지를 쓰고 있네! 추억으로 먹고산다는 말이 훗날 몽골의 기억으로 더 와닿겠지만, 난 벌써 머물던 며칠의 기억으로 오랫동안 따뜻함에 머물 것 같아. 날씨가 추워질 것 같은데 따뜻하게 옷 입고, 곁에 다양한 사람들이 언제나 머물기를 바랄게, 사랑해 내 친구야.]

곱게 접어 나의 겉옷 주머니에 넣어두곤 잠을 잤다.

다음날 시아는 나를 깨워 빠진 거 없는지 계속 체크해주고 몽골에서만 파는 소시지 또한 잘 챙겨준 다음 함께 공항으로 떠났다.

공항에 도착 후 안으로 들어가야 하는 나를 보고 시아는 눈물이 차올랐는지 코와 눈이 빨개지고 있었다. 어찌나 귀엽던지 나는 그녀를 안아주었고, 손에 편지를 쥐여 주었다. 또다시 그녀는 토끼 눈이 되어 나를 바라보았고, 그녀는 차오르는 눈물을 참으려다 결국 눈물을 흘렸다.

"또 올게"라는 말과 함께 힘차게 손 인사를 하고 서로의 시야에서 멀어졌다.

그녀와 난 다시 각자의 일상으로 돌아가게 되었다.

비행기 창문을 보면 저절로 미소가 나왔다. 참 오길 잘했다. 우리 사이에 이런 사랑의 형태라면 돈이 부족하더라도 또다시 추억을 쌓으러 와야겠다.

(사랑으로 죽더라도 계속 사랑할 수밖에 없다.)

누구와 다르지 않게 똑같은 사랑을 하고 봄의 햇살 같은 따스한 애정을 서로에게 쏟으며 우린 너무 행복한 추억으로 물들어 서로가 서로에게 흡수가 되었고, 서로를 마주 보고 있었다.

우리의 사랑엔 끝이 있을까 의문을 가지며 불안해했지만 당장의 이 햇살이 너무 뜨거워 서로 그늘을 만들어주기 바빴다.

또한 누구와 다르지 않게 우린 조금씩 틀어지기 시작했다. 믿음과 신뢰라 칭했던 마음이 집착으로 돌아서게 되었고, 이 또한 사랑이라고 포장 하기 시작했으며, 서로가 서로에게만 보이던 모습과 이야기들이 결국 칼이 되어 찌르기 시작했다.

사랑은 너무 뜨겁고 가까워지는 만큼 너무 아프며 쉽게 멀어질 수도 있다는 사실을 알면서도 우린 사랑을 한다.

내가 사랑을 주는 만큼 그도 나에게 줄 거라 믿었던 그 확신의 배신감, 내가 품고 가면 그는 그 배로 훗날 날 품어줄 거란 기대감, 서로의 애정이 애증으로 변했다는 사실을 깨닫는 순간, 우리의 사랑을 생각하면 웃음이 아닌 눈물로 표현되는 이 모든 감정의 행위들은 내가 알고도 선택한 것이었다.

이성 간의 사랑에 강인할 줄 알았던 난 모든 게 무너져 버렸다.

무너져 버리는 사랑 또한 하나의 사랑이라면 받아들이기로 했다. 사랑 또한 버텨내고 이겨낸다면 얼마나 더 큰 사랑을 할 수 있을까, 그를 보내는 찢어지는 마음과 보내고 싶은 미운 마음이 뒤섞여 있는 그대로의 이 감정을 가지고 가야 한다는 것을 부정할 수 없었다.

우린 각자의 시간을 가져야만 했다.

한껏 달아오른 서로의 증오감을 이성적으로 생각하기 위해 잠시 멀리 떨어져 서로의 옆자리를 비워둔 채 우리의 관계를 되짚어 보기로 했다.

나는 행복했던 순간, 그를 사랑했던 순간을 어김없이 종이 한 장에 적어보기 시작했다.

'노곤한 하루를 마무리하고, 본인보다 나에게 수고했다고 손을 건네주는 것이 좋았고, 먹는 걸 귀찮아하는 나를 이끌고 뭐라도 먹이고 배부른 나보다 배불러 하는 내 모습을 보고 행복해하는 모습이 좋았다. 난 누구보다 나 자신을 너무 좋아하는데 이런 내 모습이 좋다고 하는 흐뭇한 표정이 좋았다. 사랑보단 애증이 좋았고, 지나고 보니 이런 작은 표정이나 몸짓이 나의 피폐한 삶을 잠시나마 구원해 준 것 같다. 사랑을 무작정 고백하는 것보단, 나의 일상에서 자연스레 들어와 주는 작은 소확행 같은 나날들이 사랑을 불러일으켜 주었다. 편하면서도 떨리는 공기 속에서 마주치는 눈빛에 녹아내리고, 그대와 함께 나눴던 미소는 자기 전에 다 기억에 남기도 하고, 날 귀여워하며 몰래 보는 그대의 눈짓에 알면서도 모른 척을 했다. 이런 설렘은 훗날 생각을 해도 너무 따스한 추억이다. 그대와 내가 이루어지지 못한 사랑이라도 그 과정 에서의 시간이 참 아름답다. 이것이 나만의 기억일지, 함께 할 수 있는 기억일지는 모르지만, 나에겐 그대라는 존재가 어느 누구랑도 대체할 수가 없다. 글을 쓰다 우울감에 빠져 너무 힘들어할 때면 등을 쓸어내려 주며 고요히 위로해주는 그대의 손짓은 잊을 수 없는 감동이었다.'

그렇지만 우리 헤어져야 했다. 더 시간이 지나면 사랑으로 마무리가 할 수 없을 것 같다는 생각이 들어 헤어짐을 결심했다.

우리의 사랑은 사랑으로 마무리하고 또 다른 사랑을 하러 떠나 버렸다.

(당신들의 눈동자엔 온전히 나만 담아져 있다.)

어릴 때부터 몸이 약한 내가 건강하게 잘 지내고 있어도, 엄마와 아빠는 항상 나를 걱정하신다. 또한 모든 부모님이 대부분 그렇듯 본인들의 삶을 포기하고 언제나 자식을 위해 살아가신다.

혼자 독립하여 살아간 지 3년째, 가끔 부모님이 오실 때가 있는데 언제나 두 팔 빠질 정도로 나에게 줄 음식과 과자 그리고 갖가지 용품들을 들고 오신다. 몇 번이나 안 들고 와도 된다고, 내가 다 사서 먹는다고 해도 우리 집에 오기 전날 밤새 반찬을 만드시고, 혹여나 내가 필요한 게 없을까 하며 이것저것 보고 챙겨 오신다.

혹시나 내가 어디 아플까 봐 얼굴 보면 자동으로 요즘은 어디 안 아프냐고 잘 먹고 다니냐며 귀에 피가 날 정도로 물어보신다. 더불어 나에게 밥 한 끼 사주고 이쁜 거 있으면 사주려 하고 지갑을 몰래 보고 현금이 없으면 꼭 돈을 넣어주려 하신다.

표현을 잘하지 못하던 나는 미안해서 안 사줘도 된다는 걸 툴툴대며 필요 없다고 말한 뒤 지나고 나면 나의 말투와 표현에 꼭 후회한다.

그러다 오늘 하루는 온전히 나에게 다 허비하고 돌아가시는 부모님의 뒷모습을 보는데 마음이 주체가 되지 않을 정도로 미어졌다.

어릴 땐 보이지 않았던 부모의 무게감이 아빠의 어깨에서 느껴졌고, 본인 자신보다 나의 자식을 위해 무엇도 아까워하지 않는 엄마의 마음이 그녀의 눈에서 느껴졌다.

어른이 된다는 것이, 부모가 된다는 것이 이런 것인가 하며 온갖 생각이 스쳐 지나갔다.

차에 타서 출발하는 그 순간까지 나를 바라보고 밥 거르지 말고 잘 챙겨 먹으라고 당부하는 엄마의 얼굴은 언제나 걱정과 미소만 남기고 가셨다. 나만 바라보는 그녀의 눈동자 속에는 단 한 치의 흔들림 없이 온전히 나만 비치고 있었다.

난 어떻게 하면 그녀와 그대의 삶을 위해 살 수 있을까, 언제쯤이면 다 갚을 수 있을까, 이제야 깨닫는 것들이 왜 이제야 알았을까, 하며 눈물을 젖은 채 글을 쓰고 있다.

이 순간에도 놓치고 있는 것들이 언제 또 깨닫게 될지 너무나 무섭고 그들이 사라졌을 때야 내가 깨달을까 봐 두려움에 사무친다.

(우울증=사랑)

'서로의 우울을 보며 미소로 대답할 수 있는 나날이 어서 빨리 오길 바래요. 너와 나의 우울함이 진짜의 세상을 만들 수 있을 거예요'

연기를 하는 언니를 만난 적이 있다. 너무 오랜만에 만나는 거라 서로의 안부를 물어보는 시간만 1시간이 넘었다.

우리는 맛있는 점심 식사를 마치고 커피를 마시려 카페에 갔다. 문득 그녀에게 연기란 무엇일까?, 어떠한 마음을 가지고 행할까? 어디서 영감을 얻을까? 많은 궁금증을 알려달라 떼쓰기 시작했다.

연기를 하는 사람이라 그런지 말 한마디 한 마디가 귀에 쏙쏙 들리고, 마음에 와닿았다.

언니는 정말 많은 걸 배우러 다닌다고 했다. 그 순간순간의 힘듦을 기록하고 행복을 기록하고 시선을 기억하려 한다고 한다. 그런 세상들이 모여 연기를 할 때 옮겨 사용할 때가 많다고 했다. 갑작스럽게 다가온 사람들이 있다며 대화도 하고, 본인이 얼마나 많은 색안경을 꼈는지, 편견에 사로잡혀 살아왔다는 걸 인지하지 못하고 있는지 깨달는 순간들이 너무나 많다고 했다.

그 순간 지난날의 내가 파라노마처럼 스쳐 지나갔다.

시작을 하기 전에, 과정을 만들기 위해, 뭐든 많은 경험을 해보려면 내가 열심히 움직여야 한다는 것을 알고 있다. 그러나 여러 핑계와 용기가 부족하다는 다른 무언가를 탓하고 있던 나 자신이 보였다.

조심스레 요즘 글을 쓰고 있다는 말을 언니에게 꺼냈다. 지금 아니면 난 또 핑계를 대어 아무런 움직임 없이 세월만 보낼 것 같았다.

언니는 핸드폰을 꺼내 무언가 보여주며, 혹시 '연대책임'을 아냐며 물어봤다. 작가와 독자의 선택지를 주며 작가를 선택하면, 한 달 기준으로 일주일 뒤에 독자를 선택한 분들에게 예고편을 보내고 한 달 뒤 원고를 메일로 보내야 하는 것이었다. 언니는 서툴지만, 날것의 너의 글을 한번 써서 보내는 건 어떠냐며 용기를 불어넣어 내가 도전 할수 있게 해주었다.

언니와 헤어진 뒤 연락을 보냈다.

"언니가 말해준 거 해보려고, 서툴지만 기대해줘 사랑스러울 거야"

"시간이 얼마 남지 않았네~ 벌써 기대되는걸 지영이 그대로를 보여줘 화이팅!"

말과 함께 마감일 전까지 최선을 다해 솔직한 내 모습을 드러내 보았다.

물론 전문적인 사람들의 손길이 없어 다소 거칠기도 너무 날 것이기도 하지만, 이런 글의 형태도 좋아하는 사람이 있을 거라며 열심히 적어 내려갔다. 나의 글을 읽어보고 계속 읽어보고 다 외울 정도로 부족한 부분 좀 더 표현할 수 있는 부분 더 살갗에 느껴지는 표현이 무엇일지 고민하고 또 고민하며 완성을 시켰다.

마감 30분 전 원고를 받아 볼 독자들의 메일을 받았다.

237명, 나의 눈을 의심했다. 더더욱 부담감이 있었다.

이 많은 사람이 나의 글을 보면 어떤 생각과 마음들이 오갈까 라는 생각에 메일을 보내기 전 가장 하단에 짧게 글을 남겼다.

[안녕하세요. 홍지영입니다. 한 달을 기다려 주셔서 감사합니다. 독자님들이 출근하거나 퇴근하시거나 친구를 기다리시거나 자기전이시거나 잠시 시간이 될 때 어떤 상황이든 저의 글을 읽어주심에 다시 한번 감사드립니다. 저의 이야기가 여러분의 시간이 아깝지 않길 바랍니다. 너무나 솔직하고 발칙하며 나체스러운 저의 이야기가 불편할수도, 공감을 일으킬 수도 있다고 생각합니다. 다양한 생각들은 저에게 힘이 됩니다. 작가와 독자가 아닌 서로의 생각을 공유한다는 건 너무 아름다운 행위라고 생각합니다. 여러분들의 생각을 들려주세요. 이쪽으로 보내주시면 감사하겠습니다.]

원고를 보내고 일주일이 지났을까, 몇몇 분들의 이야기가 담긴 메일이 왔다.

어떤 의견이건 본인의 생각을 보내주신 것에 행복을 느꼈다. 나의 이야기만 들려주어 주입해주는 것이 아니라 대화를 할 수가 있는 원고와 소통을 위한 하나의 책을 만드는 것, 그게 바로 내가 원했던 것이었다.

다수 사람의 이야기 중 가장 기억에 남은 몇몇 독자님의 메일이 있었다.

[작가님 안녕하세요. 작가님의 글을 읽고 다시 한번 더 읽었습니다. 너무나 솔직한 표현들과 글의 질감들이 처음엔 당황스러웠고, 놀라웠습니다. 다시 한번 읽어 보았을 땐 공감이 되었습니다. 이렇게 제 생각을 보낼 수 있음에도 작가님이 생각하는 글의 정체성 또한 좋았습니다. 작가님의 글을 읽고 이상적인 것을 기대하고 살아갈 수는 없겠지만, 각자의 편견이나 판단의 잣대에 대해 하나씩 깨뜨리는 작업이 미디어나 작가의 역활이 아닌가 합니다. 부디 많은 소재의 이야기로 외쳐주시면 좋겠습니다. 작가님이 바라보는 세상을 응원합니다.]

[안녕하세요 작가님, 우리가 서로의 우울을 보며 미소로 대답할 수 있는 나날이 어서 빨리 오길 바래요. 너와 나의 우울함이 진짜의 세상을 만들 수 있을 거예요. 어두움이 없으면 빛이 없는 거잖아요. 작가님의 어두움이 얼마나 큰 힘이 있는지 알고 계셨으면 좋겠습니다~]

메일 몇 통에 한동안 생각에 잠겼다. 우린 얼굴도 나이도 모른 채 누군가의 이야기를 듣고 또 누군가의 생각을 전하고 미디어의 인간관계로 인해 서로 마음을 채워준다는 건 처음 느껴보는 감정이었다.

이 모든 것에는 분명 더욱 가깝고 정확한 표현방식이 있겠지만, 이러한 행위들을 난 사랑스럽다고 표현하고 싶었다.

그때부터 난 내가 바라보는 세상을 조금씩 드러내 봐야겠다 다짐했다.

누군가는 나의 세상을 사랑하고 있을 테니깐,

시간이 지나 작은 도전과 이런저런 추억들이 스며드는 평범한 일상을 지내왔지만 난 여전히 이 감정이 우울증인가 우울감인가 무엇인지 모른 채 내 감정 속에 빠져 허우적거리며 가끔의 밤과 새벽을 보내고 있다.

무엇이 나를 이렇게 만드는 것인가 한없이 고민하고 또 고민하며 나를 갉아 먹기 시작하고, 뭐든지 나의 탓인 줄만 알았던 상황들과 결과들이 나의 목을 조여 왔다.

이러다간 또다시 어두운 곳에서 끝없이 헤엄을 치겠구나 싶어 많은 용기를 몇 날 며칠 쌓아둔 채 심리 치료하러 가게 되었다.

의사 선생님은 무엇 때문에 오셨냐는 질문에 나는 어떠한 대답을 할 수가 없었다. 스스로에겐 문제가 전혀 없다고 생각했기에 한참을 고민했다.

끝내 나는 입을 열었다.

"저는 단 한 번도 제가 이상하다고 생각한 적이 없어요. 근데 왜 이런 저를 흔드는 것이 사람이 아닌 세상일까요!"

선생님은 나에게 제안하셨다.

"맞아요. 이상한 건 없어요. 그럼 지영씨는 한 달 동안 여기 와서 저랑 일상적인 대화를 해보는 건 어떨까요? 어떠한 감정이든 상관없어요 그냥 느끼는 대로 이유 없이 슬펐다면 이유를 찾으려 하지 말고 얼마나 슬펐는지 이야기를 해보는 거예요."

나는 내가 챙겨간 아무런 틀 없이 생각나는 대로 무작정 작성한 일기장을 꺼내어 드렸다. 선생님은 천천히 나의 일기장을 관찰하듯 자세히 읽으시면서 미소를 지으셨다. 선생님과의 한 달간 이야기 여행의 결과는 놀랍게도, 이 모든 걸 나의 무기로 만들어 주셨다.

그토록 원하는 나의 세상을 살아가기 위해선 이 무기를 들고 다시 세상 밖으로 나와야만 했다. 꼬여버린 나를 내가 먼저 알아보자! 하며 다시금 공책을 열어 나에 대해 나열하기 시작했다.

더욱 상세하게 작성해보기로 했다.

[내가 싫어하는 화법은?], [상대방이 말했을 때 내가 예민하게 반응하는 단어는?], [내가 좋아하는 날씨는?] 등등, 아주 자세하게 적어내기 시작했다.

내가 나를 알고 나를 대한다는 건 참 중요한 요소였다.

어딜 가나 다른 건 안챙겨도 적어낼 수 있는 종이와 펜만은 꼭 챙겨 다녔다. 길을 걷다가도 어떤 시각에 나는 어떤 감정을 느끼는지 순간의 행복 또는 슬픔이 어쩌다가 생겼는지의 감정이 들 때면 공책과 볼펜을 바로 꺼내 들어 적기 위함이었다.

행복 희열 슬픔 오열 갖가지의 괴로움을 하루에도 몇 번을 왔다 갔다 하는지 모르겠지만, 그로 인해 매번 잘 버텨내며 이겨내고 있다고 생각한다.

결국 나를 위로해줄 수 있는 건 나뿐이었으며, 내가 나를 사랑해야 한다는 말의 뜻과 무게를 깨닫고 있었다.

모든 갈림길의 선택은 내가 해야 했으며, 따르는 책임감 또한 내가 감당해야 할 문제였다. 그로 인해 내 생각의 폭과 이해의 깊이가 달라지고 있었다.

내가 나에 대한 폭이 넓어지니 상대방을 바라볼 때도 내 생각이 성장하고 있다는 느낌을 받았다. 이렇게 하나둘씩 내가 나를 깨트리고 다시 쌓아 올리는 작업을 하게 되었다.

단단해진 나의 마음이 남들이 보기엔 강한 아이로 보였는지 고민 상담도 많이 하고 나와의 이야기를 나누는 것을 무척이나 좋아했다. 누구든 나와 이야기할 때 항상 해주는 말이 있었다.

"정확한 이유를 알았다면, 우린 힘들지도, 이렇게 이야기하고 있지도 않을 거야. 무엇이든 이유 모를 고통이 찾아오곤 하는 것 같아. 그런데도 우린 어김없이 버텨내고 이겨내고 있어. 그러니 어떠한 상황에서도 자신을 자책하지 말고, 이 또한 새로운 나를 발견한다는 생각으로 받아들이는 건 어떨까. 이런저런 고통도 있고, 그로 인해 잇따른 나의 불쌍하거나 추악하거나 하는 많은 모습을 발견하기도 하지. 그런데도 불구하고 우린 사람을 만나고 상황을 맞이하고 순간을 통해 따뜻함과 사랑을 찾아야 해. 모든 순간엔 너의 존재를 잊진 말고."

나에 대한 분석이 많이 쌓일 때쯤, 내가 나를 컨트롤할 수 있게 되었다. 작은 평온함도 함께 찾아와 일상에서도 나의 이야기에서도 정리가 되어가고 있었다.

점점 사랑을 찾아갔고, 또 다른 많은 상황 속에서 다양한 사랑의 형태를 알게 되었다.

나의 사랑의 형태는 만지는 대로 만들어진다. 그것이 나의 사랑 여행기다.

밤이 오고 다시 아침이 오듯, 여름이 가고 다시 가을이 오듯, 오늘의 날씨를 보며 옷을 여미듯, 나의 마음도 나의 기분도 다시 오고 다시 가는 것, 붙잡고 싶은 추억을 계속 머리에 각인시켜 되새기며 살아가듯이, 추억의 작은 행복이나 작은 불행 또한 나 스스로 붙잡고 느끼는 것, 이 모든 걸 나 스스로 선택할 수 있음에 감사하며 살아간다.

언제나 선택에 갈림길에 서 있는 난 이제는 고통을 느끼는 것이 아니라 행복으로 선택하며 어떠한 결과로 나를 파멸시켜도 그로 인해 얻어진 마음과 생각이 있다면 그건 사랑이다. 심술이 나 있거나 스스로가 왜 이럴까 싶은 정도의 내가 찢겨 있을 때 생각한다. '아, 지금 사랑이 아주 부족하구나' 사랑을 채우려 내가 좋아하는 것들 행복한 것들 또는 나의 공책을 다시 뒤적이며, 내가 나를 다 바라보며, 사랑을 향해 찾아 나선다.

굴렌굴드 피아노 솔로라는 책에 여러 좋아하는 문장들이 있다. 그 중에서 하나를 뽑자면, p.141 하단에 ["혼자인 것과 함께 혼자여야 한다. (alone with the alone)"라고 렌슬럿 앤드루스 (1555-1626; 영국의 신학자, 궁정 설교가)가 신에 대해 말했듯이 굴드는 음악에 대해 말할 수 있었을 것이다.]라는 문구가 있다. 어쩌면 우리 모두의 삶에 대해서 말할 수 있다고 생각한다.

고단하고 쓸쓸하기도 하면서 어우러지고 행복하기도 한 알 수 없는 모두의 인생이지만, 그 또한 담아내며 기억하고 추억하며 어느 하나도 버리지 말고 쌓아 올려 닿을 수 없는 곳까지 가버렸을 때 본인의 양

손을 서로 맞잡고 웃으며 생의 마감과 동시에 새로운 생을 위해 다시 어둡고 뜨거운 사랑을 하려 태어나 보자.

이 모든 건 사랑일 테니,

그래도 경주하자

김라윤

김 라 윤   돈키호테이거나 잔다르크이거나 여전히 위험천진난만한 철없는 휴먼
입니다. 아마도 과거에는 기백이 넘치는 고구려인 이었을 거란 믿음이
있습니다. 어른도 성인도 인간도 사람도 전부 다 되려면 아직 멀은 거
같아서 그냥 휴먼이라 말하고 싶습니다. 또한 사랑도 사람도 여전히
아프면서 또 여전히 궁금하고 어쩔 줄 모르는 우먼입니다.

전화가 울린다. 발신인은 '라윤아, 경주가자.' 그것이 내 핸드폰에 저장된 그의 이름이다. 고구려, 백제, 신라만큼 파란만장했던 우리 관계의 역사가 그 한 문장에 담겨있다. 나는 우리의 모든 역사를 잊고 싶지 않았다. 그래서 내가 들었던 가장 다정한 말을 살아 있는 유적처럼 그대로 이름으로 저장했다. 모든 것은 언제나 경주에서 시작하고 경주에서 끝났다. 시작과 끝이라기 보다는 반환점이라는 말이 맞을 것 같다. 경주가자. 라는 그 말 한 마디에는, '그래 그 일은 여기까지인걸로 하고 이제부터 우리 다음 챕터로 넘어가 보는거야' 라는 무언의 약속이 담겨있다.

내가 기백이 넘치는 고구려인이라면 그는 내가 만난 가장 분명한 백제인이다. 신라 화랑들처럼 한 눈에 사람들의 시선을 사로잡는 화려한 치장이나 화장을 하지는 않았지만 역사속에서 그들의 미학은 바람을 타고 일본 섬나라까지 은은한 향기로 퍼졌다. 미의 기준에는 모두가 동의할 수 없을지라도 청결과 향기로움에는 대부분 이의없이 부분이니까. 그는 여자처럼 화장을 하거나 악세사리 하나 걸치지 않았지만 남자여도 아름다운 것에 대한 벽과 품위가 있어 보였다. 하얗게 자라난 부분을 본 적 없는 바짝 자른 손톱과 항상 똑같은 헤어스타일에 조금의 자란 흔적도 보이지 않는 깔끔한 뒷목이 그랬다. 그에게는 당연할 그런 단정한 모습은 처음에는 눈에 들어오지 않았다. 그러다 어느 순간 과시욕에 명품을 두르고 짙은 향수를 뿌린 다른 남자들의 삐져나온 구렛나루나 지저분한 뒷목이 거슬렸고 그제야 그가 새롭게 보였다. '아 치장 이전에 청결이 정말 기품있는 거구나.' 처음 깨닫게 되었다. 학창시절 교복을 다려입는게 당연한 학생으로서의 최소한의 품위유지였지만 사실 나는 그러지 못했고 그걸 스스로 잘 세탁하고 각까지 직접 당연하게 다려입던 한 친구가 정말 경외스러워 보였는데 그때 이후로 처음 느끼는 감정이었다. 지금 이 세상에는 연예인처럼 잘 꾸며진 근사한 남자들이 많지만 그는 내가 본 적 없는 가장 조예롭고 기품있는 남자였다. 타고난 청결함에서 나오는 애쓰거나 인위적인 느낌이 들지 않는 고유한 기품. 아마도 그의 집안 남자 조상분들 모두 이런 기품을 가지고 있었을 것 같다는 느낌이 들었다. 그렇다면 이 집안 남자들은 그 시대에 결코 고구려인이나 신라인이 아니라 분명 백제인이었을거란 생각이 들었다. 화려하고 진한 향수는 아니지만 은은하게 스며드는 깨끗한 섬유유연제 향 같은 느낌이다. 우리는 각자의 취향에 따라 아름다운 것에 끌리지만 그 이전에 본능적으로 깨끗한 것에 대한 끌림이 있다. 심리학에서 말하긴 사람이 외적으로 가장 먼저 끌리는 면은 외모보다 청결함이라고 했던게 생각났다. 가장 필수적인 선택으로 우리가 먹거리를 고를 때에도 우리의 취향을 앞지르는 단 한 가지는 생존과 즉결되는 위생과 청결, 즉 깨끗함이다. 그래서일까 그가 건네는 손, 음식, 물건 그 어떤 것에도 의심이나 거부감이 들지 않았다. 그의 깔끔함에 익숙해질수록 나 역시 내 이성적인 취향 이전에 그가 다른 사람들보다 안전하고 믿을 수 있는 사람이리라는 생각을 갖게 되었다.

예를 들면 그가 우리 집에 처음 놀러왔을 때 그는 입구에 있던 전신거울부터 집안의 모든 유리와 창문들을 먼지 하나 없이 닦아주었다. 좀 당황스럽고 놀라기는 했지만 이미 그의 결벽에 어느 정도 익숙해진 후라 그대로 두고 얼마나 어디까지 어떻게 닦는지 신나게 구경했다. 사실 나는 게으른 완벽주의자라 이렇게 벽이 있고 열과 각이 반듯한 사람들에 대한 호기심과 동경이 있다. 내 지나간 전 남자친구들 중에는 결벽증이 제법 많았다. 나는 마치 새처럼 움직이고 자기 몸을 단장하고 집을 청소하는 그들의 모습을 보는게 늘 신기하고 즐거웠다. 그래서 굳이 말리지 않고 좋아하는 가수가 노래하는 걸 감상하는 마음으로 그가 청소하는 과정을 그저 씨익 웃으면서 구경했다. 왜냐면 나는 이미 알고 있었기 때문이다. 방안이 혼돈 그 자체여도 그 안에 방주인만의 질서가 있듯이 결벽자들은 각자 청소라는 행위에 본인들만의 과정과 방식이 있고 그들은 대체로 그걸 즐긴다는 걸. 청소를 박박, 싹싹 해치우는 건 보통 사람들의 범주 내의 일이다. 나는 게으른 주제에 완벽하길 바라고 늘 무소유를 꿈꾸지만 현생은 맥시멀 리스트로 태어난 여자였고 인간은 언제나 반대에 끌리지 않는가. 그의 이런 면들이 점점 더 발견될수록 나는 그에게 호기심과 관심이 생겨났다. 반대로 내가 그의 집을 드나드는 동안에는 나는 그 집 신발장부터 욕실까지 그의 집안의 모든 유리와 거울들에서 지문 하나 조차 찍힌 걸 본 적이 없었다. 어느날 내가 유리에 무심코 손을 댔을 때 그는 나를 불러 내 지문을 확인시켜주었다. 내가 바디로션을 바르고 돌아다니면 나를 불러서 바닥에 묻은 잘 보이지도 않는 발바닥 모양의 자국들을 보여주었지. 그러면 나는 더 신나게 온 집안을 발자국을 묻히며 뛰어다녔다. 그의 집에 가면 그가 먹던 반찬이든 물이든 뭐든 잘 먹었다. 그는 배달음식은 입에도 안맞고 믿을 수 없어서 먹지 않았다. 짐작되듯이 요리는 언제나 그의 몫이었고 나는 덕분에 제철음식으로 한 맛있는 집밥을 원없이 먹을 수 있었다. 반대로 그는 우리집에 오면 물을 먹어도 늘 컵을 확인하고 숟가락 젓가락도 얼룩이 없는지 확인하고 먹었다. 나는 그걸 염려하고 더 신경쓰거나 하지 않았다. 난 기백이 넘치는 고구려인이다. 더 일하고 더 벌어서 비싼 맛집가서 외식하고 배달음식 마음껏 시켜주면 되지 뭐. 우리는 서로 너무나도 통감하는 정반대, 아니 상극이었기에 오히려 다른 사람들과 있을 때보다 솔직해 질 수 있었다.

그가 우리 학원에 처음 들어와 내가 맡은 반의 수강생으로 A,B,C를 옹알이던 날부터 항상 오며가며 인사를 해온 2년이 넘는 시간 동안 '월, 화, 수, 목' 주 4회를 출석하는 영어 회화학원에서 결석한 적은 딱 한 번. 그가 기흉 수술을 하고 입원했을 때뿐이었다. 그만큼 그는 사회 생활이나 회사생활에 있어서 성실하고 안정적인 평범한 회사원이었다. 깔끔한 걸 좋아해서 동물을 키우는 건 좋아하지 않지만 회사든 집이든 식물은 많이 키운다고 들었었다. 평소에 말이 없고 수 년을 봐온 모임에서도 자기얘기를 전혀 안하는 만큼 어쩌면 사람들에게는 말 못할 이야기들을 분명 식물들에게는 해왔을 것이다. 언젠가 우리가 익명의 게임으로 가장 어려운 사람을 뽑았는데 8명 중에 6명이 그를 뽑았던 일례가 있다. 누구와도 개인적인 연락을 하지 않았고 모든 모임에는 적극적으로 참석했지만 사담을 하지 않았다. 그를 알지 얼마 안되었을 때 그는 나에게 작은 원룸에서도 키울 수 있는 다육식물을 두 개 건네주었는데 얼마 되지 않아 얼마 되지 않아 무지한 나와 무심한 장마탓에 과습으로 죽어버렸다. 사실 돌이켜보면 그 녀석들의 사망원인은 내가 그처럼 물과 햇빛을 주지 않아서가 아니라 어쩌면 내가 그처럼 비밀을 들려주지 않아서 이지가 않을까 싶다. 아마도 녀석들은 그의 집에서 조용히 많은 비밀들을 그에게 들으며 자라왔을텐데 새 주인은 아무 비밀도 없이 해파리처럼 속이 다 보이는 뻔하고 1차원적인 인간이라 지켜보기 지루해 죽은게 아닌가 싶다. 들으면 다들 웃던 이야기이지만 죄책감이었을까 그 후에 들인 화분에게는 직접 개처럼 안고 산책을 나가곤 했다. 심지어 동네 골목에 피어있는 화단의 꽃들에게 인사도 시켜주며 공원에 함께 앉아 물을 나눠 마셨다. 식물에게 클래식이 좋다고 해서 클래식을 틀어주고 외출하기도 했지만 아무래도 말을 걸어주는 건 오그라들어서 그건 차마 못했다. 딱히 가슴에 뭘 품어두질 못해서 식물을 전래동화속 임금님 귀는 당나귀귀 라고 외칠 대나무숲처럼 대할 구실거리가 나에게는 없었다.

　어느새 그는 평일에는 학원에서, 주말에는 모임에서 그렇게 2년여의 시간 동안 어느새 내 인생에서 가장 오래 그리고 많이 봐온 남자가 되어있었다. 나도 모르는 사이 엄마가 베란다에 들이고 몇 년째 키워온 화초처럼 어느새 내 주변에 뿌리내리고 있었다. 하지만 그의 존재를 인식한 후로 나는 알면 알수록 내가 만난 모든 사람들 중에서 그는 나랑 가장 정반대이자 소통이 어려운 사람이라는 걸 깨달았다. 그래도 괜찮았다. 그는 나에게 유리창 너머 베란다에 있는 화초같은 존재였으니까. 그는 어떤 소란이나 소문과는 거리가 먼 창너머의 식물같은 사람이었고 나를 신경쓰이게 하는 일은 앞으로도 없을 것 같았다. 그 당시만해도 우리 사이에는 많은 사람들 사이에서 두껍지는 않지만 분명한 벽이 있었다.

　무슨 계기였는지는 모르겠다. 식물을 좋아하고 항상 모임 때마다 나를 태우러 왔었고 어느덧 그 사람 차의 조수석이 공공연한 나의 자리가 되었을 때쯤이었을까 어느 여름날 우리는 또 보드게임 모임을 가졌다. 어느 토요일 오후 나는 동네 횡단보도 앞에서 다른 수강생들을 태우고 오고 있던 그를 기다리고 있었다. 마침 남자 두 명이 나에게 핸드폰 번호를 묻고 있었고 내 핸드폰은 아주 대놓고 내 어깨에 매달려 있었다. 그 남자들 중에 한 명이 나에게 핸드폰에 번호를 찍어 주겠다고 내 핸드폰에 손을 뻗는 순간 어디선가 익숙한 목소리에 알아 들을 수 없는 말이 들려왔다. " 자기야, 뭐해~ " 검은 세단에 수강생들을 잔뜩 태운 그의 차가 내 옆에 와서 섰고 그는 생전 처음 보는 모습으로 나에게 다정히 "자기야, 누구야? 뭐해?" 라며 차 창문을 내리고 말하고 있었다. 당혹스러움에 사고가 정지된 내가 고장이 나서 서있자 그는 재차 소리쳤다. "자기야, 뭐해? 빨리 타" 이게 무슨 일인지 상황 파악이 안되었다. 우리집 베란다에서 자라던 화초가 나에게 '자기야, 뭐해?'라고 말을 걸었다. 내가 처음 태국어를 들었을 때도 꿈에서 말하는 미어캣을 만났을 때에도 이런 이질감은 들지 않았다. 차라리 외계인이 말을 걸었다면 더 말이 되었을까. 오래토록 알고 지내오던 남자에게 갑자기 공개적인 헌팅을 받는건 더더욱 기가 막히는 일이라는 걸 깨달았다. 남의 일이 내게 일어났을 때보다 일어날 수 없는 일이 일어났을 때 그 당혹스러움은 다 큰 성인의 인지능력을 앗아갈 수 있다는 걸 깨달았다. 직업이 강사인데 당혹스러움에 바보처럼 말을 버벅거리며 목에 건 핸드폰을 없다고 말했다.

공식적으로 나는 그 후로 그의 잠재적 여자 친구가 되었지만 아무도 직접적으로 사귀는지는 묻지 않았다. 예능 프로그램 런닝맨에 나오던 송지효와 개리같은 관계처럼, 오피스 와이프처럼 아카데미 와이프랄까 그런 역할이 되어버렸다. 다 같이 모여서 산책을 할 때에는 항상 걸음이 빠른 내가 늘 맨 앞에 나서서 걸었고 그는 맨 뒤에서 걸어오곤 했다. 그 사이에는 대여섯명 정도 되는 다른 사람들이 늘 있어왔기에 자연히 그와 나 사이에는 제법 거리가 있었다. 그 일이 있은 후 그는 기흉수술을 받아서 느린 걸음이 더 느려졌을 때쯤이었다. 우리는 다 같이 여덟명이서 단대호수를 걷고 있었고 나는 언제나처럼 맨 앞에 앞장서서 큰 보폭으로 빠르게 걷고 있었다. 그는 저 멀리 뒤에 서서 수술한 옆구리를 움켜쥐고 다리 난간에 기대어 서서는 그때처럼 또 다시 " 자기야 뭐해 같이 가야지. " 하고 아픈 척을 하며 능청스럽게 소리쳤다. 그러면 나와 그 사이에 있던 다른 사람들이 모두 홍해처럼 갈라지며 합세해서 나를 불러세웠다. "쌤, 그렇게 혼자 걸으면 누가 또 번호 따가요. 이리 오세요. " 라며. 그는 마침 아팠고 용기와 병약함의 시너지는 모두를 동요시키기에 충분했다. 그 일 이후로 모두가 당연스레 그의 옆자리를 항상 나에게 내어주었고 식당에 가도 카페를 가도 보드게임을 해도 언제나 그의 옆자리가 내 지정석이 되어버렸다. 그는 나에게 공공연히 자기는 모든게 준비되어 있으니 한복만 입고 자기네 집으로 오면 된다는 등의 농담을 사람들 앞에서 능청스럽게 하며 이전과는 달라진 모습을 보였다. 보드게임을 할 때에는 늘 그는 나를 저격해서 괴롭혔고 그래놓고는 게임이 끝나고 밥을 먹을 때에는 유난히도 나를 챙겨주었다. 하지만 이런 그의 태도변화보다 더 놀라웠던 건 단 한 번도 그는 나에게 개인적인 연락을 한 적이 없었다. 그런 아카데미 커플 생활이 반 년 이상 지속되었고 딱히 불편하지는 않았지만 덕분에 나는 제대로 된 연애를 하기가 애매해져 버렸다. 심지어 모임에 새로운 사람이 들어오고 나에게 조금이라도 관심을 보이면 모두가 한 편이 되어 우리 쌤은 이미 임자가 있다며 내 의사는 묻지도 않고 내귀에 들어오기도 전에 외부인을 중간에서 차단했다. 그렇게 나는 어느새 이 부자연스럽고 뭐라 정의하기도 애매한 관계로 인해 자연스러운 만남도 소개팅도 들어오지 않게 되었다.

어느덧 2020년 전 세계적인 코로나 팬데믹이 한국을 휩쓸었고 뉴스에서는 다수의 인원이 모이는 모임 및 시설에 대한 제제가 떨어졌다. 특히나 우리는 회화학원이었기에 한달 반이나 수업을 중단해야 했고 우리의 모임도 자연스레 중단되었다. 막상 윈도우 생활이었다고는 하나 거의 일년 가까이 그렇게 지내다보니 그가 조금은 궁금해지기도 했다. 그쯤 나는 여기저기서 받은 작은 화초들을 제법 키우고 있었다. 마침 계절은 어느덧 늦가을이 되어 겨울이 오기전에 분갈이도 해야했고 추운 겨울철에는 이녀석들을 어떻게 방안에서 키워야 할지도 걱정이 되던 찰나였다. 초보 식물 집사로 오밀조밀 앙증맞은 다육이 몇 개와 할머니 수강생분도 이름은 잘 모르지만 아무튼 잘 큰다면서 주신 이름 모를 몬스테라를 닮은 싱그러운 화초가 하나 있었다. 이번에는 죽이지 않으리라는 다짐에 개나 고양이를 키우던 습관까지 더해져 날 좋은 여름에는 화초를 품에 안고 집 앞에 산책을 나가곤 했다. 영화 레옹에서 마틸다가 안았을 법한 크기의 화초가 있었는데 그 녀석의 이름을 '라라'라고 지어주고 녀석을 안고 집앞 공원에 나가곤 했다. 라라를 안고 집 앞 다른 건물들 앞에 있는 화단에 쭈욱 들어선 다른 화초와 꽃들에게 인사도 시켜주었다. 마치 개를 산책시키는 사람들이 다른 개들과 인사를 시켜주듯이 말이다. 그러다 벌이 오면 라라를 안고 도망도 쳤다. 그렇게 산책도 하고 공원에 가서 나란히 벤치에 앉아 시원한 생수 한 병을 따른다. 나 한 입마시고 라라도 한 입 시원하게 마른 흙에 물을 부어주며 사이좋게 일광욕을 했다. 라라가 충분히 물을 흡수하고 더 이상 화분 아래로 물이 흘러나오지 않을 때까지 기다리며 한가로이 책을 읽다 라라를 안고 다시 집에 돌아가곤 했다. 그래서였는지 라라는 빛도 잘 안들어오는 그 좁은 원룸에서 열대정글의 식물처럼 쑥쑥 자랐다. 어느덧 너무 커져버려서 가을부터 벼르던 분갈이를 본격적인 추위가 시작되기 전에 꼭 해줘야 겠다는 생각이 들었지만 막상 혼자 하다가는 잘못되서 죽어 버릴까봐 걱정되었다. 결국 이미 이전에 그에게 받았던 화초들을 죽였던 전적이 있던 나는 노련하고 믿음이 가는 식물 집사인 그에게 처음으로 개인적인 연락을 했다. 분갈이에 대한 고민이 가장 컸는데 그는 흔쾌히 분갈이를 도와주겠다며 직접 그가 가지고 있던 빈 화분들에 흙을 사서 우리집으로 와주었다. 작은 화분에 끼겨 있던 라라는 알고 보니 대식구였고 그의 손길 덕에 단칸방 생활을 마치고 4가구, 4화분으로 분가할 수 있었다. 감사의 표시로 나는 그에게 작은 새싹 두 녀석을 그의 집으로 입양 보냈다. 전혀 공통점이라고는 없던 우리에게 그렇게 초록의 연결고리가 생겨나게 된 것이다.

그 후로 우리 사이에 연약한 연둣빛 넝쿨 줄기가 싹트게 되었다. 조금씩, 조금씩 다가가고 조금씩, 조금씩 인연의 싹을 틔웠다. 오래토록 땅속에 있던 인연의 씨앗이 그렇게 천천히 피어날 때쯤 우리는 무르익은 가을 속에 있었고 모임 제한에 걸리지 않는 그와 나를 포함해 네 명의 사람들이 전주로 갑자기 당일치기 여행을 가게 되었다. 나는 사실 20대 내내 해외에 있던 적도 있었고 국내에 있어도 일 때문에 여기저기 숙소생활을 하며 다니기는 했지만 막상 국내여행을 해본 적이 없었다. 그랬던 나에게 그 여행은 꼭 고등학교 수학여행을 가는 것만 같았다. 우리는 가는 동안 차안에서 블루투스 마이크로 신나게 노래도 불렀고 도착해서는 수학여행을 온 90년대 학생들처럼 촌스러운 포즈로 단체사진을 찍기도 했으며 원없이 단풍을 보았다. 그때 나는 학창시절에 갔던 소풍이나 수학여행 때보다 훨씬 더 행복했다. 그게 그의 눈에도 보였는지 그는 나중에 내가 너무 아이처럼 좋아해서 나를 전주에 데려갔던 것이 굉장히 뿌듯했었다고 말했다. 그리고 얼마 지나지 않아 어느 금요일 오후 그는 나에게 오늘 기분이 좋아서 사표를 썼다며 지난번에는 전주를 가보았으니 수학여행의 정석인 경주여행은 어떠냐고 물었다. 사실 그는 경상도 사람이라 경상도 여행에 대해서는 굉장히 잘 알고 있었다. 나는 전라도를 가본 것도 그때가 처음이었고 경상도는 한 번도 안 가봤다고 말했다. 그는 놀라면서 아직 경상도도 안 가봤냐며 서른 넘을 때까지 한국에서 뭐했냐며 곧장 경주로 가자고 했다. 그게 우리 역사의 첫 발단이었던 것 같다.

아무 일정도 없던 나는 마냥 좋아서 "우와, 진짜요?" 라고 말했고 그는 20분 후에 "수학여행가시죠" 라며 능청스럽게 우리집 벨을 눌렀다. 그에게 이렇게 즉흥적이고 주도적인 추진력이 있는 줄은 상상도 못했지만 사람은 언제나 이런 예상치 못한 의외성에 넋을 놓고 나도 모르는 사이 끌려가게 된다. 정신을 차려보니 나는 그의 차를 타고 고속도로를 달리고 있었다. 어느 금요일 오후 월, 화, 수, 목 주4회씩 2년 동안 빠짐없이 학원에 나오던 그가 단지 가을 하늘이 좋다며 갑자기 회사를 땡땡이치고 나를 차에 태우고 경주로 가고 있었다.

그의 차를 타고 경주로 내려가는 길은 생각보다 오래 걸렸고 항상 수강생으로 이름 뒤에 '님'자를 붙여서 불러오던 나는 단 둘이 그렇게 오래 차 안에 있는게 새삼 어색하게 느껴졌다. 강사라는 직업의 직업병으로 나는 공백을 견디지 못했는데 차 안에 단 둘이 있자니 진행을 할 것도 없었다. 그도 그걸 느꼈는지 나에게 말을 놓자고 말했다. 그러면서 그 어색함의 원인이었던 호칭 '님'자도 경주에 가는 동안 빼버리자고 했다. 그렇게 몇 년 동안 깨지 못했던 유리벽을 경주를 내려가는 동안 서서히 허물 수 있었다. 너무 깨끗한 곳에 가면 구경하기에는 좋지만 막상 지내기에는 행동하는게 신경쓰이듯이 차 내부 어디 한 군데 어떤 흠도, 자국도 없는 그의 차에 단 둘이 있으니 새삼 숨막히게 어색했다. 너무 깔끔해서 따뜻한 히터바람도 싱그럽게 느껴지기까지 했다. 그 어색함을 견디지 못한 내가 먼저 노래를 틀어달라고 했고 그동안 늘 사람들이 노래를 틀어와서 몰랐는데 그의 플레이 리스트는 너무나 올드했다. 90년대 락발라드들이 한가득 흘러나왔고 이건 누가 들어도 삼촌의 플레이 리스트였다. 나는 거의 모든 장르들의 음악을 기분에 맞춰서 듣지만 내 인생 최악의 플레이 리스트였다. 특히나 참다 참다 이건 가수가 누구냐고 물었는데 에스파파, 탁재훈이라고 했을 때 결국 나는 터져버렸다. 요즘 애들이 김종국이나 장나라가 가수였던 걸 모르는 것과 마찬가지의 세대차이를 느꼈다. "이 사람 완전 아저씨였네, 트로트는 언제 나와요? 아저씨? 내가 아까까지는 한 살 차이라서 굳이 오빠소리도 안나왔는데 거의 아빠급이야. 오빠 시켜줄게. 내가 완전히 졌어." 그 올드한 락발라드가 우리 사이의 아이스 브레이커 역할을 해주었다. 그리고 진지하게 오빠라고는 해줄 수 있는데 주민등록증 한 번만 확인해보자 장난쳤다. 도무지 내 나이 또래의 플레이 리스트라고는 믿을 수 없었다. 나는 결국 그의 핸드폰을 뺏어서 내 취향의 노래들을 틀었다. 트렌디한 힙합이 흘러나왔으나 그는 귀 아프다고 싫어했고 상큼한 아이돌을 틀어보았으나 역시 하나도 못

알아 듣겠다고 싫어했다. 나는 고속도로 휴게소에 들려서 보청기 하나 사서 끼고 가야할 것 같다고 농담을 던졌고 그는 그 정도는 아니라고 했지만 우리의 음악적 간극을 매꾸는 데에는 한 시간 가까이 걸렸던 것 같다. 결국은 서로가 가장 싫어하는 장르는 제외하고 공감대가 있을 90년대 댄스곡들에 정착하게 되었다. 그 과정에서 서로 투닥거리고 놀리면서 어색함이 많이 풀리고 나는 장난스레 "저녁은 오빠가 사는 거지? 오빠카드 할부돼?" 라며 어느새 조수석에서 경주의 맛집들을 잔뜩 찾으며 오빠가 입에 조금씩 붙어가고 있었다. 다행히 그는 음식 메뉴 선정에 있어서는 전혀 까다롭지 않았다. 예민하고 마른 체질인 만큼 식탐이나 식욕이 있지는 않아서 먹고 싶은 게 딱히 있지는 않았지만 질이 떨어지지 않는다면 무엇이든 잘 먹었고 다만 제철음식을 찾아다니며 먹는 걸 좋아했다. 그렇게 맛집 리스트를 쭈욱 찾다보니 우리는 어느새 경주에 다와가고 시간은 해가 떨어진 밤이었고 경주에 들어서자 한옥의 정취가 물씬 느껴졌고 언젠가 역사 교과서에서 보았던 누가 몇 입 베어 물은 듯한 웃고 있는 동전 같은 조각상이 우리를 반겨주고 있었다. 정확히는 신라의 얼굴, 웃는 얼굴 수막새라고 한다.

　신라의 달밤이라는 말이 이래서 있는 걸까 싶을 만큼 달이 예뻤고 우리는 웃는 신라의 얼굴을 뒤로 하고 야경이 너무나 아름다운 월정교에 들어섰다. 항상 그렇듯이 달이 들어간 이름의 장소들은 달빛아래 더더욱 빛난다. 마치 사극 드라마 속에 들어온 기분이 들었다. 새로운 시간속에서 새로운 관계와 역사가 그 다리를 건너면서 한 걸음씩 다가오고 있었다.

　우리가 경주에서 올라올 때에는 삼국통일 신라의 기운이 스몄는지 우리 사이에 있던 오랜 유리벽을 마침내 허물고 연인이 되었다. 그 후로 우리는 반대로 사적으로는 연인이었으나 공식적으로는 아무 사이도 아닌 듯 비밀연애를 하게 되었다. 우리는 경주를 참 좋아했다. 시작점이기도 하였고 또 결승점이기도 하였다. 만나는 동안 우리는 경주에 우리 나름의 역사를 새겼다. 우리 보다 깊은 역사가 있는 도시라서 그럴까, 우리는 헤어질 위기 때에도 늘 경주로 향했는데 항상 경주에만 도착하면 그 통일의 기운을 이기지 못했다. 하고 싶은 이야기가 있을 때에도 헤어지고 싶을 때에도 우리의 암호는 늘 이거였다. '우리, 경주가자.'

　하지만 우리에게도 숱한 전쟁이 있었고 삼국통일도 영원하지 못했듯이 우리의 역사도 결국 끝나버렸다. 아주 허무하고 아주 순식간에.

우리는 이전보다 훨씬 더 비밀스럽게 그리고 훨씬 더 치밀하게 확신과 불신을 오가는 관계로 만나고 있다. '우리, 경주가자.' 그 단 한 문장만 믿으면서. 결혼하자, 사랑하자, 헤어지자, 많은 얘기들을 우리는 그 곳에서 해왔다. 이제는 그것들이 모두 장담할 수 없는 일이 되어버렸지만 당장 우리도 어떤 관계로 어떻게, 어디서부터 시작해야 할지 알 수 없지만 그렇지만 우리는 일단은 경주에 가자. 그리고 또 시간이 지나면 다시 경주에 가자. 그러다 힘들면 또 경주에 가지 뭐, 라는 생각으로. 그 한 마디로 만나는 관계가 되었다.

그러니까 우리 경주가자.

음악

김열음

김 열 음   제 이름은 김나희입니다. 피아노 연주회에 준비를 하며 생긴 일을 썼
습니다. 많이 부족하지만 잘 봐주세요.

이메일: k66707329@gail.com

음악은 행복입니다. 힘든 시간을 잊게 해준 활력소였습니다. 춤도 출 수 있고 우울할 때 기분을 좋게 해줍니다. 연주를 할 때 빠른 음악도 시도해봤지만 할 수 없어서 느린 음악을 연주합니다. 그런데 노래를 할 때 조금 빠른 거는 부를 수 있습니다. 다행인 부분은 빠른 음악 듣는 건 돼서 음원 사이트, 노래 부를 때 들을 수 있어서 그것으로 만족합니다. 기분이 안 좋을 때 좋게 하려고 신나는 음악을 듣는 것은 좋습니다. 따라 부를 수 있고 좋아지기 때문입니다. 그리고 우울한 음악을 듣는 것도 마음에 안정을 가져다줍니다. '나만 힘든 게 아니구나' 하는 위안을 주기 때문입니다. 들으면서 감정에 북받쳐서 눈물을 보일 수도 있고 내일을 어떻게 살지 생각하게 해주기도 합니다. 즐거운 마음을 더 즐겁게 해주기도 하며 아픈 마음을 위로해주기도 합니다. 살고 싶지 않은 마음을 다시 살게 만들어줍니다. 대회를 준비하면서 이런 생각을 많이 했습니다 '살아있어서 배울 수 있고 연주도 할 수 있는 것이구나. 사는 것도 좋구나'라고. 그런데 '손도 제대로 움직이지 않고 악보가 없어서 기억해서 하는 거라서 생각나는 대로 해야 하는

데 어떻게 하지' 걱정했습니다. 시간을 30분에서 1시간 정도 연습을 했는데도 말입니다. 박자를 맞게 하는지, 옥타브도 맞게 하고 있는 건지 알 수 없었지만 열심히 했습니다. 연습하다가 잘 안 되면 '왜 이렇지?' 하며 좌절도 했고 남몰래 눈물을 훔치기도 했습니다. 그러나 이미 음악이 스며들어 있었기 때문에 포기할 수 없었습니다. 선생님과 함께 1시간 정도의 수업을 하고 가시고 난 뒤 혼자 몇 분 연습했습니다. 그 결과 박자가 맞아떨어졌기 실력이 향상되었습니다. 그래서 용기가 생겼습니다. 할수록 점점 좋은 방향으로 흘러갔습니다. 칭찬도 받고 어떻게 하면 더 좋을지도 말씀해주셨습니다. 덕분에 잘 할 수 있다는 희망이 생겼습니다. 혼자인 것 같다는 마음에서 저를 꺼내어주었습니다. 독자 여러분께도 음악이 힘이 되었으면 좋겠습니다. 감사합니다.

우리는 주행 중

발행 2022년 12월 31일

지은이 박상준, 송화, 이지수, 김상현, 보리수, 김인식, 홍지영, 김라윤, 김열음

라이팅리더 현해원

디자인 윤소현

펴낸이 정원우

펴낸곳 글ego

출판등록 2019.06.21 (제2019-67호)

주소 서울특별시 강남구 테헤란로216, 12층 A40호

이메일 writing4ego@gmail.com

홈페이지 http://egowriting.com

인스타그램 @egowriting

ISBN 979-11-6666-247-8